FUERZA Y GRACIA

DEAMER DUNN

"DIMAS"

Traducido del Inglés por Aquiles Borge

Derechos de autor © 2018 Deamer Dunn

Todos los derechos reservados.

ISBN 13: 978-1-64370-514-9

Arte de la Cubierta por Deamer

**Segundo edición – Pajaro Street Inc
& Ingram Spark**

DEDICATORIA:

PARA MI PRIMERA EDITORA, CON PALABRAS Y EN LA VIDA. MI MADRE

CONTENIDO

PREFACIO Y RECONOCIMEIENTOS	i
PARTE PRIMERA	6
PARTE SEGUNDA	115
EPILOGO	253
ACERCA DEL AUTOR	256
ENDORSOS	257

PREFACIO

Esta historia es ficción. Todos los personajes son ficticios, sin embargo, muy brevemente mencioné algunos de mis conocidos. A menudo usé nombres de personas de descendencia mexicana que he conocido, con los que he trabado amistad y a quienes aprecio. Pero tomé prestados sus nombres para usarlos en personajes que tienen muy poco o ningún parecido con ellos o ellas. Aunque los eventos de esta obra tienen alguna semejanza con hechos reales de la década de los 1980's en México, ellos son ficción y no se basan en ninguna realidad.

Algunos pueblos y ciudades mencionados son reales y algunos otros no lo son. Otros han sido movidos de un sitio a otro, como es el caso del pueblo de Santa Rosalía que yo ubico en el continente a pesar de que un pueblo del mismo nombre y con descripción similar se encuentra en la Península de Baja. Esta historia no hace referencia a verdaderas mujeres toreras, pero en realidad hay algunas tanto en España como en México. Esta obra no está escrita para expertos en el arte del toreo (Tauromaquia), y yo tampoco lo soy. Fue el aspecto cultural del toreo y su emotiva demostración de hombría, lo que me inspiró a escribir esta historia, cuando México y el resto del mundo están enfrentando la identidad de géneros y cómo los roles están en constante cambio, y cómo esta tradición cultural puede afectar la vida de una no tan tradicional jovencita y su disfuncional familia.

RECONOCIMIENTOS

Hubo muchas fuentes que influenciaron la información usada para relatar esta historia. Dos libros en particular fueron de mucha importancia al proveer la información necesaria acerca del toreo y entrenamiento del torero. "Bullfighting" por John McCormick & John Deleon. También "Passes, The Art of Bullfighting" Fotografías por Ricardo B. Sanchez, ensayos por José Luis Ramos y Rosa Olivares.

Este libro ha evolucionado a lo largo de 15 años desde su concepción como un cuento corto. Nunca hubiera sido completado sin el amor y el entendimiento de mis amigos y mi familia. Mi madre, mi esposa (RIP) e hijo, no sólo me ayudaron a desarrollar esta historia, sino que pacientemente supieron ver más allá de mis intentos disléxicos. Luego vino el invaluable apoyo de los lectores que menciono en la contraportada. Ellos no sólo me ayudaron con el desarrollo posterior de la historia, si no que también me inspiraron a enamorarme del arte de escribir. También agradezco a todos aquellos que tomaron interés en mi y que pacientemente escucharon mi escaso español, mientras viajaba por el culturalmente rico país de México. Agradecimiento especial a mi amigo y traductor principal, Aquiles Borge. Usted es poético en la vida, así como las palabras. Y gracias a mis amigos correctores de pruebas, especialmente Rafeal y Elizabeth; ¡grandes abrazos!

Deamer Dunn – Artista / Escritor
http://artbz.bz/
deamer@artbz.bz

PARTE 1

CAPITULO 1

"Yo recuerdo cuando este bar estaba siempre lleno a causa de las corridas," recordó el propietario del bar mexicano. "En estos días, la gente joven está muy ocupada persiguiéndose unos a otros como para sentarse con los miembros de su pueblo y disfrutar del más grande espectáculo de nuestro país."

"La juventud de ahora no entiende del honor y la pompa del matador y su cuadrilla," comentó un hosco y barbudo cliente. "Como esos gringos del norte, nuestra juventud ve el toreo sólo como un evento donde un animal es sacrificado."

Irguiendo su cabeza y torso, el hombre junto a él dijo, "Ser un mexicano y no entender el toreo es no entender lo que es ser un hombre."

Encima del bar, un viejo televisor en blanco y negro mostraba las casi borrosas imágenes de una corrida de toros.

Hubo momentos en que el toreo en la pantalla obtuvo elogios de parte de este grupo de conocedores aficionados, pero estos elogios no se daban tan fácilmente, y su disgusto por las malas técnicas y la falta de tradición casi se tornaba violento.

La fiesta taurina de hoy estaba siendo televisada desde Tijuana, donde muchas tradiciones han desaparecido, dando a los asiduos del bar mucho tema de discusión.

"No puedo entender como ellos pueden descuidar tradiciones tales como premiar al torero con las orejas y la cola," se lamentó uno de los regulares moviendo lentamente su cabeza de atrás hacia adelante.

"Los toreros de hoy son solo atletas, como los jugadores de beisbol o futbol."

"Me enferma. Sin el arte y la elegancia, el toreo es solo una vulgar exposición."

"No pasará mucho tiempo antes de que ellos impidan matar al toro," remarcó su barbudo amigo al tiempo que aclaraba su garganta y nariz y escupía sobre el polvoriento suelo.

Su vecino levantó su copa, pidiendo ser rellenada, y agregó: "¡Entonces será cuando nosotros sabremos que ya no quedan hombres en México! Entonces sabremos que todos los mexicanos han sido conquistados por ideales norteamericanos y faldas femeninas."

"Si. A este paso van a terminar con los caballos; y los picadores pronto vestirán como mujeres."

Todos ellos rieron ante la idea de mujeres introduciéndose

en el terreno machista de la plaza de toros.

El regordete cliente cerca de él añadió: "Muy pronto en Las Vegas, mujeres picadoras sin sostén, montando burros." Esta broma levantó el nivel de las risas y las convirtió en carcajadas.

Su amigo continuó: "y el matador vestirá armadura." El comentario generó más carcajadas. "Si. ¡Ellos hasta pueden convertir el toreo en un estúpido show de comedia!"

"Seriamente. Los toreros jóvenes son tan descuidados en su técnica y en la aproximación al toro. Ellos enfrentan demasiados toros inferiores."

"El toro está tan exhausto, que cuando el Matador se presenta, la batalla está terminada."

Sentado en una mesa, en la esquina del bar, estaba un desaliñado anciano, aparentemente sólo. Él escuchaba quietamente todo lo que los otros decían. Pero permanecía en silencio.

Como los clientes continuaban su discusión con comentarios como: "nunca habrá artistas como García y Anuza."

El viejo habló: "perdón, caballeros."

Una vez creyó que había acaparado algo de su atención,

dijo: "ustedes pueden querer observar al próximo aspirante a Matador.

Algunos del grupo voltearon sus cabezas hacia el desarreglado viejo.

"Y eso por qué viejo," preguntó el propietario.

Abran sus ojos y contemplen a un futuro gran Matador de México.

"¿Qué lo hace tan especial?"

Después de una risita para sí mismo, el viejo continuó. "Este torero no reacciona por miedo o por Gloria. Él entiende al toro, el alma misma del animal. Este matador conoce no solamente la destreza, sino también la gracia artística y la aceptación."

"Yo creo que usted está un poco mal de la cabeza, un poco loco, viejo." Dijo el cliente barbudo. "Ninguno de esos muchachos entiende de tradición. Ninguno de ellos entiende la elegancia, que es la existencia misma de nuestra cultura. ¿Entiende él del honor y de la hombría del hombre latino?"

El viejo volvió a reír para sus adentros. Trató de hablar pero empezó a ahogarse mientras intentaba controlar una risa perversa. Justo cuando estaba a punto de perder la atención del grupo, el viejo habló. "Caballeros, ese torero sabe más de tradición, hombría y honor que ninguno de nosotros.

Tradición puede ser cegada por el progreso. Tradición puede convertirse en una doctrina usada para suprimir iniciativa y honor. Esos que conocen más acerca de tradición son aquellos que han sido prejuzgados por ella."

Con este casi excesivamente indulgente comentario, los clientes, perplejos, se rieron del viejo. "Yo creo que Ud. ha bebido un poco demasiado, viejo cabra loca."

Y luego regresaron a las apreciaciones de García y Anuza y lo que hacía de ellos tan grandes matadores.

CAPITULO 2

El pequeño pueblo pesquero de Santa Rosalía se abre, al oeste, hacia las riquezas del Mar de Cortez. Sus otros tres costados crean un anfiteatro natural con suaves laderas rodeando el pueblo. Cada mañana este teatro presenta una sinfonía de cantos de pájaros. A medida que los rayos del sol tocan los terrenos que se orientan hacia el este, suaves e irregulares sonidos de aves llenan el aire como un reloj despertador natural. El canto de los gallos se hace más frecuente en la medida en que la mañana esparce sus alas sobre el pueblo. El amanecer convierte esta ciudad, mayormente silenciosa, en un coro lleno de aguda irregularidad. Algunos chillidos suenan cerca, otros suenan lejos. Algunos, en sucesión de otros, parecen ser la respuesta a pensamientos desconocidos. Algunas aves suenan como consumados solistas. Es una pieza orquestal moderna que, cada vez que uno piensa que le encontró el ritmo, éste súbitamente cambia. Los pájaros más pequeños inflan sus pechos y levantan sus voces como gigantescos grupos de flautas y violines. Lentamente, los sonidos humanos se les unen y eventualmente los superan.

El año era 1980. Ilaria Oniveres, dieciséis años de edad, despierta lentamente. Le gusta deslizarse y estirarse entre las tibias sábanas y almohadas antes de dejar que los dedos de sus pies toquen las frías superficies de cerámica de saltillo. Muchas mañanas Ilaria podría continuar soñando medio despierta. Pero esta mañana cubrió su cara con las sábanas, para protegerse de los pensamientos adultos que asaltaban su cerebro. Como una niña, ella podía reír y bailar todo el día. Como una jovencita, ahora tiene que preocuparse acerca de lo que otros digan de su comportamiento. Súbitamente, al menos parece ser súbitamente, todos parecen querer decirle exactamente cómo pensar, cómo sentir y cómo actuar. Especialmente su padre.

El padre de Ilaria, el Señor Juan Carlos Aragón Oniveres nació el 6 de Mayo de 1945, en Santa Rosalía, en la hacienda en la que todavía habita. El perdió a su madre, la abuela de Ilaria, cinco años atrás. La familia esperó que el suceso ayudaría a que Juan Carlos se reconciliara con su padre, el Abuelo Oniveres, pero esto parece que los apartó aún más. Ilaria nunca conoció bien a su abuelo hasta que su abuela murió. Cuando tuvo 11 años, su independencia y curiosidad la guiaron hacia su abuelo, porque él parecía ser muy sabio y estar en paz consigo mismo.

El padre de Ilaria fue en un tiempo un promisorio torero. Su carrera terminó abruptamente cuando fue brutalmente corneado durante su primera corrida en la Ciudad de México, la capital del país. Se necesitaron dos años y mucho tequila antes que él aceptara el hecho de que no podría torear nuevamente. Lo que le dolía más profundamente era que estuvo tan cerca de ser un héroe nacional, y en esos pocos y brutales minutos, él saltó de ser una celebridad a ser un herido mas en el Hospital Comunal. Juan Carlos todavía cojeaba, su pierna derecha incapaz de emparejarse con la izquierda. Las cicatrices en su costado derecho eran tan numerosas que la piel lucia como infestada de gusanos. Afortunadamente, Ilaria y su hermano Arturo nacieron antes del infortunado incidente, pues como consecuencia de la corneada, a Juan Carlos le fue imposible procrear otra vez. Una muy común secuela entre los toreros. Desde entonces él y la mamá de Ilaria no volvieron a tener intimidad. Hubo algunos pocos momentos en los que Juan Carlos ponía sus brazos alrededor de ella y la besaba; pero muy pronto, los pensamientos de su impotencia resurgían y se alejaba de su casa una vez más para ahogar sus sentimientos con una botella de tequila.

La mamá de Ilaria, la Señora Linda Gamboa, experimentó muchos tiempos duros. Su padre partió para Estados Unidos cuando ella tenía sólo 2 años, para nunca regresar. Ella murió cuando Ilaria tenia sólo 6 años, y su tía y tío se hicieron cargo de la crianza de su sobrina. Linda era una bella joven. Después a pesar de su historia familiar, Linda y Juan Carlos se casaron dos meses después de su fiesta de quince años, una celebración tradicional para las jóvenes que alcanzan esa edad. El abuelo Oniveres no siempre se apegaba a la tradición y permitió que su hijo se casara con Linda, sin tener en cuenta su falta de clase social. Juan Carlos estaba fascinado por su belleza y suave temperamento, y estaba ansioso por formar una familia. Linda sentía que Juan Carlos estaba cerca de Dios. Era un joven muy bien parecido y sus habilidades como torero le habían dado una cierta notoriedad.

Para Linda, ganar a Juan Carlos fue realmente especial pues el éxito del Abuelo Oniveres en el negocio de la crianza de toros de lidia, había convertido a la familia en una de las de mayor influencia en Santa Rosalía. Durante los 1950s, cuando el toreo estaba gozando de sus mejores momentos como una celebración nacional, la fama de la ganadería de los Oniveres creció en toda la nación. Los precios de sus toros eran increíbles. Hasta compró una segunda casa en el pueblo para conveniencia de la familia y para entretener a los compradores. Linda y los niños permanecieron en el rancho hasta que Ilaria y Arturo empezaron la escuela. Entonces se movieron a la casa del pueblo. Ellos raramente veían a su padre en aquellos días porque él estaba fuera toreando en Mazatlán y después en Tijuana. Una vez en Tijuana, Juan Carlos gozó de su notoriedad con los placeres del juego y las mujeres jóvenes. El abuelo descubrió esto y nunca lo perdonó por abandonar a su familia. Cuando Juan

Carlos, después del accidente, fue capaz de abandonar su cama en el Hospital de la Ciudad de México, fue llevado a su ciudad natal, y el abuelo dejó de llegar al pueblo. Ilaria sentía resentimiento contra su padre por sus ausencias y nunca le obedecía; y con la relación de su padre y madre reducida al estado de simples compañeros de cuarto, la batalla constante entre Ilaria y su padre, vino a ser una gran actividad familiar.

Arturo e Ilaria eran hermanos gemelos. Arturo idolatraba a su padre y nunca se cansaba de escuchar sus historias. Los dos hermanos, inseparables cuando niños, continuaron siendo amigos hasta que crecieron a la edad escolar, y fue entonces cuando su relación se tornó complicada. Un problema era que Ilaria era más rápida de entendimiento que Arturo y su condición física era normalmente equivalente a la de él. La presión de ser un mexicano, incluso a corta edad, le hacía difícil a Arturo aceptar esta realidad de cosas. La familia Oniveres era muy unida cuando los muchachos eran niños y todos vivían en el rancho. Cuando Juan Carlos regresó, desvalido, los niños tenían ya 7 años. Para satisfacción de Arturo y disgusto de Ilaria, ocasionalmente tenían que dejar de asistir a la escuela para ayudar a cuidar a su padre. El resentimiento de Ilaria creció en la medida en que veía cómo su padre irrespetaba a todos, incluyendo a su madre. Y pronto Ilaria también perdió el respeto hacia su madre porque permanecía leal a su marido, a pesar de lo mal que la trataba tanto a ella como a los demás. El abuelo vino a ser un ídolo para Ilaria porque él era muy bien respetado en la comunidad. El abuelo trataba a la abuela, tanto en vida como después de muerta, como si ella hubiera sido una santa. Ilaria siempre se dirigía al rancho después de clases y allí pasaba la mayor parte de los fines de semana.

CAPITULO 3

La casa de los Oniveres en la ciudad, era de dos pisos. A sus espaldas, los flancos de las colinas al norte de Santa Rosalía, cerca del centro del pueblo. Las paredes, los manteles y sábanas rendían homenaje al valor y al honor del hombre contra el toro. Un aficionado al toreo que admiraba a Juan Carlos como torero, le ofreció un empleo distribuyendo carteles y propaganda de toreo. Muchos de esos carteles, propaganda y memorias, quedaron en la casa y mesas de Juan Carlos. Las que más apreciaba eran las que representaban a los grandes matadores de España y Sur América. Su orgullo le impedía promover a los matadores de México. Esos recuerdos y malos sentimientos, no habían logrado ser superados.

Un cartel colgando de la puerta del frente describía la cara estilizada de un toro en azules oscuros y verdes; con una fiera mirada en sus ojos brillantes y negros como el carbón. Fuerza explotaba de sus narices ensanchadas, exudando completa determinación de destruir cualquier oponente.

Arturo reprendía a su hermana mientras entraban a la casa "Ilaria, eres tan testaruda. Tú piensas que siempre tienes la razón, y hoy metiste tus narices donde no debías."

"Arturo, tú solamente eres muy sensible," se lamentó Ilaria. "Todo lo que yo dije es que estás demasiado rígido en tu aproximación al toro."

"Como si tú tuvieras una idea acerca de torear. Te imaginas que sabes cómo es eso, pero nunca has estado en el ruedo. Piensas que tú eres una autoridad mundial en todo. ¿Cuando te vas a dar cuenta de que eres solamente una mujer?"

Ilaria realmente quería ayudar a su hermano. Ignoró la altanería. Sabía que Arturo, a diferencia de muchos hombres mexicanos, era generalmente amable con las mujeres y no temía ayudar con los quehaceres de la casa. Pero Arturo tenía razón. Ella nunca había batallado con un toro. Por un momento se preguntó cómo sería eso. Durante todo el tiempo que había ayudado a su abuelo a criar toros de lidia, nunca había considerado entrar al ruedo.

Ilaria había trabajado con y alrededor de muchos toros, y ella misma ayudó con el nacimiento de muchos de ellos. Sus movimientos nunca le sorprendieron. Había desarrollado un sexto sentido con ellos. Y se preguntaba cómo sería de diferente enfrentar a un toro como un peligroso oponente. Como entrenadora de toros sus pensamientos se habían limitado a la relación amo-sirviente. El resultado nunca fue un problema. El toro desarrollaba la fuerza y la maldad necesaria, o simplemente era sacrificado como si fuera una vaca cualquiera.

La madre, oyendo la disputa de los hijos, trató de ganar nuevamente la paz dentro de la casa diciendo: "Ilaria, no es correcto para una mujer criticar las preferencias de los hombres."

"Nosotras no estamos supuestas a hacer esto, no estamos supuestas a hacer aquello, nosotras estamos supuestas a vestir así, a caminar de esta manera y tratar a los hombres como nuestros amos aunque ellos nos traten como basura," estalló Ilaria llena de frustración. "Me vuelve loca mirar cómo papá te trata a ti. Es despreciable. Tal vez si no actuó de manera dedujo, él te trataría mejor. El nos trataría mejor a todos." Abrió sus brazos como queriendo incluir a Arturo, pero él se retiro de ella.

La ofendida voz de su madre se quebró un poco cuando se dirigió a su hija. "Ya basta. No quiero escuchar más de esto cuando su padre llegue a casa. Estoy cansada de oírlos pelear. El es su padre, y ha trabajado toda su vida para que podamos tener una vida decente.

Ilaria no pudo más. Dio la vuelta y se retiró haciendo sonar la puerta tras de ella. Ni su hermano ni su madre se preocuparon por saber hacia donde iba. Ella siempre iba a visitar al abuelo, y no regresaría para cenar. Incluso podrían no verla sino hasta el día siguiente. Nada más se hablaría acerca de la última discusión. ¿Cuál sería el propósito?

Ilaria siempre tomaba el mismo camino cuando iba al

rancho de su amado abuelo. Se sentía triste, su madre, siempre cuidando de todos, no se merecía su desprecio, pero ella era tan estrecha de mente en relación con lo que una joven podía o no hacer. "Seré yo," se preguntó a sí misma. "¿Soy yo una mala persona porque soy un poco hombruna y no puedo aprender mi papel como mujer mexicana? Mamá le permite a mi padre dictar lo que todos hacemos y permanece en silencio como tonta."

Descendió los viejos escalones de madera del patio del Hotel Del Real. Cuando salió del pasillo que conduce hacia el frente del hotel, los dos niños Sánchez, Carlos de 10 años y Pablo de 8, la saludaron.

"Hola, hola Ilaria." Dijo Carlos.

Tomó a su pequeño hermano al estilo familiar mexicano: medio abrazo, medio golpe. "¿Tienes algún dulce para nosotros hoy?" Sonrió mientras miraba hacia arriba con su cabeza girada hacia Ilaria.

Los muchachos mostraban en sus rostro las huellas de que habían disfrutado de su usual helado. Pablo evidentemente había preferido chocolate.

¿Qué fue hoy, helado de mango o de naranja, Carlos?" Preguntó Ilaria.

"Mango," respondió.

"Yo chocolate," dijo Pablo alegremente.

"Si, si. ¿No es lo que haces siempre?"

"Si, claro," confirmó Pablo.

Ilaria se detuvo y corrió sus dedos por sus cortos e hirsutos cabellos y se dirigió al Camino Viscal. Cruzó la Plaza y se detuvo para comprar un par de platos de sopa de donde Pepe.

Ver, hablar y tocar a los muchachos ayudó mucho a su estado de animo. Saludó a Pepe con una gran sonrisa.

El siempre jovial Pepe respondió con otra sonrisa y dijo: "seguramente vas camino a la casa de tu abuelo."

"Por supuesto," respondió Ilaria.

Aunque Pepe no era mucho mayor que ella, su puesto de sopas se había convertido en una institución. Se ubicaba al comienzo del Camino Central, para saludar a todos los que llegaban a Santa Rosalía con la posibilidad de el mejor ceviche y la mejor sopa de toda la región.

Ilaria continuó por el Camino Central, saludando a los tenderos y disfrutando de las vidrieras. Cuando alcanzó la Iglesia de Santa María dobló hacia la derecha y se dirigió colina arriba. Cada vez que Ilaria pasaba por la Iglesia, dirigía una pregunta a Dios. La de hoy fue: "¿Porqué no me hiciste hombre? Sólo a los hombres les es permitido elegir su forma de vida." Pateó una piedra y prosiguió su camino.

En su ruta hacia el rancho, Ilaria siempre pasaba por la casa de los González. Ellos tenían un gallo de metal sobre el techo, que giraba con la dirección del viento, y hoy apuntaba hacia el Oeste. Al final de la cuadra estaba la casa de los Vásquez con su magnífico jardín. Caminó despacio tratando de decidir cuáles flores eran las más espectaculares ese día. Sus ojos se regocijaban con el conjunto de colores en frente de ella. Las pequeñas Margaritas, danzaban con su vibrante colore amarillo y blanco, en medio del rojo y purpura de las buganvilias. El anaranjado, rosado y amarillo hibisco saltaba en contraste con su verde-oscuro follaje como trompetas resonando una vívida melodía. Ilaria se preguntaba si podría haber algo más perfecto que la perfección de una saludable rosa. Nadie sabía qué era exactamente, pero el Señor Vásquez tenía un fertilizante especial sólo para sus rosas. Pasaba horas observándolas antes de realizar sus casi quirúrgicas podas. Ilaria se inclinó y olió una rosa muy grande con un color amelocotonado y amarillo. Sus fosas nasales cosquillearon con el rico aroma. Gentilmente recorrió con sus dedos la deliciosa y afelpada suavidad de los pétalos, separando uno a la vez con la punta de su dedo índice. Entonces, levantó sus manos y miró sus sucias, quebradas y desaliñadas uñas, y las visualizó por un momento todas manicuradas, con la longitud correspondiente a una dama, y pintadas de color rosado. Con una sonrisa agitó sus dedos, como si este movimiento pudiera desvanecer la imaginaria visión. Y se dijo a sí misma, "Qué tonta." Alejándose del pueblo por el Camino del Norte, Ilaria llegó al rancho; un sentimiento de tibieza crecía dentro de su corazón. El rancho representaba paz y el amor incondicional de su abuelo.

Extendió sus brazos hacia las prístinas laderas de las colinas que rodean la sencilla pero magnífica hacienda; pateó un poco de polvo con júbilo y añadió a sus pasos pequeños saltos y un poco de danza.

Gran parte de la casa, hecha de madera y adobe, desaparecía entre el follaje de diversas plantas vivas que se entrelazaban sobre la fachada. La estructura se compaginaba tan naturalmente con sus alrededores, que parecía que había estado allí por siempre.

Ilaria camino a través del patio y encontró a su abuelo dormido en su hamaca de confección casera, tomando su acostumbrada siesta. Se veía tan en paz, envuelto en las cuerdas de la hamaca, con sus pantalón kaki y su camisa abotonada, cubriendo el conjunto su chaquetón de cuero café oscuro. Era de estatura mediana, y tenía una presencia que inspiraba confianza aún mientras dormía. Sus manos estaban cuidadosamente dobladas sobre su pecho que respiraba muy suavemente. Su cabello, una pulgada de longitud, se había arralado pero fluía elegantemente con una mezcla de blanco, plata y color paja. Una hirsuta barba blanca perfilaba su fuerte mandíbula. Largas e indómitas cejas crecían sobre su piel tan tostada por el sol que parecía cuero. El abuelo había dado cierta libertad a su blanda pero no tan abultada cintura aflojando la hebilla de su cinturón. Sus brillantes botas color ónix se hallaban nítidamente colocadas a un lado de la hamaca.

Ilaria inmediatamente se deslizó alrededor de él y miró su mano izquierda. Como siempre, su mano estaba apretando un puñado de tierra. Ella recorrió con sus dedos el gentilmente cerrado puño. Miró hacia arriba, buscando su rostro contento, suavizado por la sombra del árbol. Su dedo índice dibujó pequeños círculos mientras lo deslizaba sobre el brazo y los hombros de su abuelo. El se movió ligeramente pero no se despertó. Tocó su nariz y ésta se agitó. Ilaria se levantó y respiró profundamente. Una gran sonrisa se dibujó en su rostro mientras se inclinaba y besaba ambas mejías del abuelo.

Lentamente el abuelo abrió los ojos. No era el tipo de hombre que se sorprende o se agita fácilmente. Sintiendo su presencia, el abuelo giró su cabeza hacia su pequeño e impredecible gozo.

"¿Abuelo, por qué tomas la siesta con un puñado de tierra en tu mano?"

Siempre daba una respuesta diferente a esta pregunta. Una respuesta que parecía perfecta para las diarias maravillas de Ilaria.

"Toma un puñado de tierra en tu mano, Ilaria."

Ella siguió sus instrucciones, y el abuelo continuó: "ahora toma mi mano con tu otra mano y suavemente aprieta con tus dos manos."

Ella lo hizo.

"La tierra se siente como la mano de alguien que te ama. Puede aflojar un poco, pero se mantiene mas firme en la medida en que aprietas más. Un puñado de tierra me recuerda todas las maravillosas cosas que pueden crecer de una buena relación entre el hombre y la tierra, o entre el hombre y alguien que él ama."

Se sentó en el suelo, cerca de su abuelo, cruzando las piernas como Buda, y luego se inclinó hacia él hasta que su cabeza se acomodó suavemente en el pecho del abuelo, de forma que su mejilla quedó cerca del corazón, y sus ojos mirando hacia los pies de él que apuntaban hacia el cielo.

"Abuelo."

"Si, mi flor."

"¿Por qué nosotros tenemos tanta dificultad en comunicarnos con mi padre?"

"¡Ah! ¡Tu padre! Esa es una complicada discusión."

Pasó gentilmente sus dedos por el pelo de Ilaria, antes de hablar de tan delicado tema. "Hay diferentes niveles de comunicación, mi niña. Cada uno de nosotros tiene su propia personalidad y cada quien toma sus propias decisiones. Estas decisiones imponen los parámetros de la comunicación. No podemos forzar ni siquiera el más bello pensamiento ni la más profunda verdad en un oído cerrado. Solo deseamos simplemente expresar nuestros sentimientos y percepciones. La comunicación exitosa requiere un descubrir constante de los parámetros de que escucha cada individuo. Todos vamos por la vida hablando a través de nuestros cuerpos, pensamientos y voz. Al mismo tiempo todos hacemos evaluaciones y decisiones que afinan nuestras percepciones y entendimiento. Las palabras que compartimos los unos con los otros, son apenas una pequeña parte de la comunicación."

El abuelo interrumpió sus pensamientos para concentrarse en la sensación que le producía recorrer el pelo de su nieta con la punta de sus dedos, antes de continuar.

"Una comunicación exitosa es mayormente una evaluación de circunstancias, y la más difícil evaluación es la de mirar en nuestro propio interior. Los parámetros de tu padre dejan muy poco espacio para la comunicación verbal. Ustedes, las personas jóvenes creen que tienen muy poco espacio para hacer sus propias decisiones. La verdad es que los parámetros se vuelven más complicados en la medida en que uno se vuelve viejo, porque la interrelación se hace compleja y la responsabilidad por nuestras acciones es mucho mas grande."

Ilaria suspiró. "Después de escucharte siento que conozco tan poco acerca de las cosas, y mis emociones son tan fuertes que me hacen sentir confundida."

"¡Eso! ¡Ahora te estás comunicando con tu padre! Esas pequeñas autoevaluaciones pueden ayudar a la relación. Si aceptas a tu padre por quien él es, por lo que él ha venido a ser, entonces podrás expresar mejor tus sentimientos y deseos. Esto es algo en lo que yo también necesito trabajar."

"Pero es que trata a mi madre como a persona de segunda clase," comentó Ilaria.

"Aceptarlo no significa que estés de acuerdo con él y sus acciones. Como sabes, tu padre y yo no nos vemos a los ojos en muchas cosas, y sus acciones han traído tragedia sobre nuestra familia. Pero es tu padre y mi hijo. Sus decisiones, cualesquiera que sean, dirigen tu familia. Nuestro trabajo es reconocer y aceptar esos parámetros, aceptar la estructura familiar aún en una familia disfuncional. Una vez que aceptamos y entendemos esos parámetros, podemos expresar mejor nuestros pensamientos y deseos. Cuando nos rehusamos a reconocer estas verdades, continuamos dañando nuestra relación, sin importar cuales son nuestras intenciones. Yo debo aceptar mi posición. Tú debes aceptar tu posición si esta es la única forma en que puedes servir mejor a tu familia."

La capa filosófica que había cubierto la cara del abuelo, desapareció en la medida en que él regresaba a la tierra y miró tiernamente hacia su nieta. "También debes aceptar y respetar las diferencias entre generaciones Ilaria."

Cambiando la dirección de la conversación hacia algo mas personal, Ilaria dijo: "A pesar de lo que mi familia piensa, yo no estoy solamente interesada en las actividades masculinas; yo tengo sentimientos femeninos también. Al menos eso es lo que yo pienso que son. Me gustaría sentir alguna atención; el tipo de atención que cualquier otra joven obtiene."

"Eso no sería difícil. Tú eres una joven atractiva y bella."

"Mi lengua es tan fuera de control. Nadie parece notar cómo yo luzco."

"Si, tu lengua es rápida como un llameante toro loco. Esto es en parte un simple mecanismo de defensa, pero ese fuego dentro de ti es también belleza pura. Eso despertará más interés y tendrá mas sentido para los hombres que cualquiera de tus rasgos de belleza en desarrollo."
"Ven, ven adentro." El abuelo la dirigió hacia la hacienda. "Me gustaría decirte mas acerca de tu abuela. Eras tan niña cuando nos dejó."

Cruzaron el patio caminando sobre las losas del sendero. Atravesaron la puerta francesa labrada en madera de roble con profusión de vidrios. Ilaria y su abuelo entraron a la sala de la hacienda de los Oniveres. Esta sala había permanecido sin cambio alguno desde la muerte de la madre de la familia, algunos años atrás.

"¿Ves esa foto?" El abuelo puso sus grandes manos alrededor de un marco de plata adornado con flores.

"Sí," respondió Ilaria. "Te ves muy guapo, y la Abuela muy bella y feliz."

"¿Puedes ver ese brillo en sus ojos? Esa chispa cambió mi vida. Esta foto fue tomada el día que nos conocimos. Esa misma noche, mientras hablaba con su tía, ella señaló hacia mi y dijo: 'yo me voy a casar con ese hombre.' Yo, francamente, ni siquiera estaba seguro de que ella me interesara. Cuando nos conocimos pensé que era muy joven para tomarla seriamente. Después descubrí que a pesar de ser mucho más joven que yo, era muy madura para su edad. Me engañó su juvenil y juguetona forma de ser. Casi la perdí una vez, cuando asocié esa pureza juvenil con irresponsabilidad y me amargué debido a mi propia falta de auto confianza."

"Ella tuvo que trabajar duramente para ganar mi atención." Continuó el todavía devoto marido. "Yo no andaba buscando a nadie en ese tiempo, y me encontraba enfocado en hacer de mi vida algo exitoso." Tu abuela nunca vio barreras. Solo reaccionaba con su corazón. No vio las diferencias en clase social. Nunca evaluó a la gente por las cosas estrictamente materiales. Siempre podía hacer sentir cómoda a la gente. Podía abandonarlo todo y derramar palabras que envolvían la lastimada alma de las personas y traerlas suavemente de regreso a sentimientos sanos. La única vez que le di la espalda, fue solamente la pureza del amor que había plantado en mi alma lo que me dirigió de nuevo hacia ella a suplicar por su perdón."

Hizo una pausa, frotó su barbilla y recordó: "No pienses que ella fue siempre una santa. Tenía una lengua no muy diferente a la tuya. Constantemente decía cosas sorprendentes para confortar a la gente y su falta de hábitos mecánicos permitían al miedo y al estrés explotar desde su diminuto cuerpo. Sus emociones venían directamente de su corazón. Sus sentimientos eran muy profundos y eso rompió mis filtros. Yo era muy lento para mostrar mis sentimientos, pero eventualmente me enseñó a amar. Gradualmente me cambió por dentro. Las cosas materiales ya no tenían importancia. Yo ya no buscaba que otras personas se inclinaran ante mis triunfos. Yo sólo quería estar con ella. Quería sentir su pasión y apreciar el humor y el gozo que traía a toda situación. Nunca dejo de pensar en ella. Pero aún cuando la siento conmigo siempre, realmente la extraño. Sí, realmente la extraño… gracias a Dios te tengo a ti, mi pequeña. Tu juventud y tu amor me mantienen vivo, hasta que pueda ir a reunirme con ella en un mejor lugar.

CAPITULO 4

Ilaria y su abuelo observaban a un joven entrenar con un toro. Pico, el maestro, era un tesoro para el pueblo, porque podía invertir incontables horas instruyendo a cualquier joven que se presentara para practicar en el ruedo del pueblo. Ella se sentó sobre la baranda. El abuelo se inclinó sobre la baranda también, con su mano izquierda extendida cerca de Ilaria.

"Rafeal será el mejor," El abuelo rompió un largo silencio.

"¿Arturo no?"

"No. Todos los esfuerzos de tu hermano vienen de su mente. Sus acciones son controladas por lo que él cree que quiere hacer. No por lo que su corazón realmente desea," aclaró el abuelo. "Tendrá que trabajar mucho para alcanzar confianza y gracia."

"¿Pero Rafeal no"

"No. Rafeal reacciona desde su corazón. Puede sentir los movimientos del toro incluso antes de que el toro se mueva. Alguna gente dice que él es "muy atlético." Lo que mucha gente no entiende es que lo que nosotros vemos cómo coordinación atlética es realmente la habilidad de anticipar. Anticipación viene de tu mente y cuerpo escuchando a tu corazón."

Tú haces sonar todo de una forma muy artística, abuelo." Ilaria pensó en voz alta. "A mi todo me parece tan nebuloso y confuso."

"Sólo es que me estoy volviendo viejo."

Rafeal notó a Ilaria observándolo. Ella no era el tipo de mujer con una característica que realmente se destacara. Había elegancia en sus 5'6" pero no había delicadeza en ella. Tenía evidentemente formas femeninas pero todos los años ayudando en el rancho la habían hecho fuerte. Sus mejillas no eran ni redondas ni severas. Su oscuro y juguetón cabello caía más allá de sus hombros. Algunas hebras eran lisas, otras rizadas, pero en su mayoría era crespo. Su piel era cremosa, moca, como muchas mexicanas, pero a diferencia de la mayoría, el color de sus ojos no era simplemente chocolate oscuro. Aunque había algo de café en esos ojos, también tenían una variedad de verdes y algunas sombras misteriosas como el interior de una concha de abulón. Esos ojos eran redondos e intensos.

Los labios se abrían gentilmente, como una húmeda rosa, suavizando su rígida estructura facial. Sus pechos y caderas no eran pronunciados, sus curvas eran gentiles. Sus piernas no eran largas ni delgadas, sino fuertes y estables, y soportaban la confianza y el entusiasmo de su caminado.

"Tu hermana ha crecido realmente, Arturo," dijo Rafeal a su amigo.

Arturo reconoció la intención en la expresión de Rafeal. "Si, pero mejor continúa entrenando con toros aquí en el ruedo. Mi hermana es un reto más grande que cualquier toro."

Después que Ilaria abandonara el ruedo, iba caminando lentamente hacia la casa. Rafeal la vio y empezó a decir, "Ilaria, te has convertido en una bella jovencita."

"¡Oh! ¿Tú crees?"

"¡Oh si! ¿Pero tienes la suficiente edad como para salir por la noche y divertirte?"

"Yo hago lo que quiero. ¿Qué quieres decir con diversión?"

"Muchas cosas pueden ser divertidas. Pero yo estoy solamente interesado en chicas independientes, no niñas."

"¿Qué se supone que eso significa?" Nunca un joven había cuestionado su condición de adulta.

"Por ejemplo," respondió Rafeal: "¿Te reunirías conmigo detrás del establo de los Chávez hoy al anochecer? ¿O tienes miedo? ¿Tu padre no te deja salir después que oscurece?" Rafeal sabía lo suficiente de Ilaria como para saber que podía captar su atención retándola de esta manera.

"Ya te dije que yo hago lo que quiero. ¿Pero por qué tendría que hacerlo?"

"Creo que tienes miedo." Continuó Rafeal con su estrategia.

"Tú solamente tienes que estar ahí," respondió Ilaria: "o yo sabré que eres tú quien tiene miedo." Se volvió bruscamente y continuó calle abajo.

Rafeal la observó intensamente mientras se alejaba de él. Sonrió para sí mismo y quietamente juntó sus manos, felicitándose por el éxito de su estratagema.

Ya estando cerca de la casa, Ilaria comprendió que no tenía ni idea de en qué se había metido. Ella ni siquiera había besado a un chico. Nunca. Ella no había estado interesada. Su mayor interés había sido su abuelo y su visión del mundo; su romántico y cierto mundo. Pero últimamente había estado imaginando que compartía tiempo con un muchacho y que era besada. Algunas veces cerraba sus ojos y permitía a su mano tomar la forma apropiada y lentamente aproximaba sus labios. Traía su mano muy gentilmente contra sus labios; la deslizaba de atrás hacia adelante, acariciándola con sus labios ansiosos. Sentía un cosquilleo en el cuerpo y su mente se disolvía con el enervante efecto de sus labios tocando los de su imaginario amante.

Había visto muchos besos en el cine. Ya había tenido su período por varios años y entendía la anatomía básica, pero ciertamente nunca había pensado en relaciones sexuales y no las buscaba. Como muchas muchachas jóvenes ella sólo buscaba un poco de atención. Quería sentirse especial. Quería que otros, especialmente un joven guapo, pensaran que ella era alguien especial. A pesar de ser hombruna ella quería que la vieran bella.

Rafeal era muy atractivo, sus oscuras facciones latinas eran suaves y fuertes, su atletismo, como describió su abuelo, se mostraba no sólo en la forma en que se movía alrededor de los toros, sino también en la forma en que caminaba y hablaba. Ya había notado a Rafeal antes, y sabía que era muy popular entre las otras jóvenes. Y ese mismo día, su abuelo, su líder espiritual, había separado a Rafeal del resto de los muchachos. Veía su buena apariencia y su respeto en la comunidad y no el hecho de que quisiera controlar a la gente, de la misma forma que lo hacía con el toro.

Rafeal tenía 18 años, dos años mayor que ella. Había besado a muchas jóvenes y coqueteado con muchas más. Sabía del sexo y estaba ansiando tenerlo. Se veía a sí mismo como un adulto. Aunque todavía vivía con sus padres, estaba a punto de sumergirse en la vida de un torero, una vida de viajes y gloria. Ilaria sería solamente de las muchas jóvenes que él seducía en su búsqueda de la inmortalidad. No estaba buscando amor. Estaba buscando validar su masculinidad.

Ilaria se reunió con Rafeal detrás del establo, y no pasó mucho tiempo antes de que fueran novios. En alguna manera se parecían mucho. Además de su testaruda autoconfianza, eran muy inteligentes y ambos sentían que ellos habían hecho sus propios destinos. Ilaria no sabía nada acerca del amor. Sus dos abuelas estaban muertas. No tenía relación con su madre y no tenía amigas íntimas. Ella dependía de Rafeal para tener su primera lección de amor.

CAPITULO 5

Rafeal había transformado sus asuntos amorosos en un ruedo de toros que no era muy diferente de uno real. Nunca hacía un cumplido a Ilaria, y siempre se burlaba de ella con comentarios como: "eres muy bonita," pero inmediatamente hería sus sentimientos añadiendo: "pero tus piernas son muy gruesas." Siempre mostraba su superioridad y la mantenía deseando algo que la hiciera sentir bien.

Por un tiempo Ilaria realmente disfrutó estar con Rafeal en público. Estar con ese seguro y guapo hombre fue una completa y nueva emoción para ella. Su mundo, antes de Rafeal, era confiable pero aislado. Siempre había sido para sí misma y no sabía mucho del mundo social de su generación. Había abandonado la vida social después de la escuela, primero, para ayudar a cuidar a su padre herido, y después para abandonar su hogar en busca de santuario en el rancho del abuelo. Ahora era la novia de Rafeal. ¡El era tan popular! Los jóvenes ignoraban a Ilaria por ser hombruna, exactamente como ella los ignoraba a ellos, pero ahora la muchachas, o querían ser su amiga, o rápidamente se convertían en rivales. De cualquier manera, nunca más fue ignorada.

También recibía más atención de los otros muchachos. Se sentía honrada por la manera en que ellos la miraban y la forma en que tartamudeaban cuando trataban de establecer pequeñas charlas con ella. Incluso disfrutaba la forma en que algunos muchachos decían a Rafeal cosas como qué belleza tenía como novia. Sin embargo, Ilaria se encontraba frente a una dicotomía. Por un lado sentía una completa y nueva confianza por su nueva "posición" dentro de la comunidad juvenil de Santa Rosalía, pero por el otro, ella estaba con alguien que siempre la hacía sentir como que fuera inferior a él.

Hubo ocasiones en que Rafeal la incluía en su aureola de superioridad. Los tiempos más felices para Ilaria eran cuando Rafeal bajaba la guardia lo suficiente como para que pudiera discutir juntos los problemas de otros. Era feliz cuando juntaban sus inteligencias para "resolver" los problemas de Santa Rosalía y del mundo. Pero era sólo asunto de tiempo antes de que Rafeal hiciera sarcásticos comentarios de Ilaria con el fin de retomar control. Se burlaba de algunas características de su apariencia, algún aspecto de su familia, o simplemente la comparaba con alguien a quienes ellos ya habían puesto en desmerecimiento. Antes de conocer a Rafeal, su mundo había sido transparente. Para bien o para mal, sabía donde estaba. Tenía sus problemas familiares que a veces la perturbaban emocionalmente, pero hasta eso era transparente. Y ella tenía al abuelo, que era el fundamento sobre el que ella edificó su auto confianza. Tenía no mencionado sentimiento de que, si alguien tan increíble como su abuelo pensaba tan bien de ella, es porque ella debía ser muy especial. Al ser sacada del mundo sólido de su abuelo al mundo excitante pero desconfiable de Rafeal, Ilaria estaba comenzando a perder el sentido de sí misma. El tiempo pasado en el rancho le dio una sensación de trabajar cercanamente con la tierra, su tesoro, y el poder de la naturaleza. Y siendo parte de las labores en el rancho, domando la tierra, los animales, y trabajando en grupo con otros seres humanos, aún en una forma aniñada, le daba una cierta confianza de que ella sería entendida sólo más tarde en su vida. Pero Rafeal la había separado de ese mundo y la llevó al mundo donde todo era acerca de él, su afán de ser un gran torero y su escape de Santa Rosalía hacia un mundo más amplio.

Luego vino el asunto del sexo. Rafeal nunca había ido "todo el camino" con nadie. Antes de conocer a Ilaria, se contentaba con robar algunos besos y disfrutar de sus conquistas; pero ahora estaba listo para tener más. Para Ilaria, parecía que no había un solo día en que Rafeal no pusiera presión sobre ella. Estaba curiosa, perturbada porque no sabía mucho del sexo, un tema no muy común en los hogares mexicanos típicamente Católicos. Aunque este tema podía ser ampliamente discutido por jóvenes americanas de su edad, no lo era entre la juventud de Santa Rosalía. Porque la mayor parte de las parejas en el pueblo, se conocían, se enamoraban, se casaban y luego se las tenían que ingeniar con el sexo.

Rafeal no se veía a sí mismo como nativo de Santa Rosalía, si no como un gran Matador. El viajaría por el país, quizás hasta por el mundo. Su auto valoración solo podría ser medida por cuántos toros y cuántas muchachas habría conquistado.

Ilaria sentía curiosidad, pero era más el temor que sentía. Temor de cómo se sentiría si le permitiera a Rafeal ir "hecho el amor." No era muy religiosa ni muy devota hacia el Catolicismo. Sabía muy bien que había una doble moral. Pocos le daban importancia a la virginidad varonil. El abuelo era un filósofo, abierto a todas las ideas del mundo. Tenía miedo de cómo la vería la gente si Rafeal se jactaba de haber ganado sus "orejas y cola." ¿Se enteraría su familia? ¿Podría una mujer mayor darse cuenta con sólo mirar en sus ojos? Decir "Sí," sería su única oportunidad de darse, permitiendo a esa persona ser el primero. Ese regalo que la mayoría de sus conciudadanos creían debía darse sólo una vez.

También temía un embarazo. Presumía, con lógica, que no podía embarazarse durante su período y unos cuantos días después, pero mas allá de eso no tenía la menor idea. También temía que tener sexo sería doloroso, que de alguna manera podría ser dañada. Simplemente no sabía cómo trabajaban las cosas. Ella estaba igualmente temerosa de que Rafeal pudiera avergonzarla si no llenaba sus expectaciones. ¡Había tanto que temer! ¿Pero, lo perdería si no accedía a sus demandas sexuales? La cambiaría por una de las otras chicas?

Santa Rosalía tenía una sola sala de cine. Rafeal e Ilaria se escabulleron temprano una tarde de sábado para ver la versión subtitulada de la película, "La Laguna Azul."

Justo después de que Brooke Shields y Christopher Atkins nadaron desnudos en la laguna, ella reclinó su cabeza sobre el hombro de Rafeal. el tomó su mano. Todavía emocionada por la película se sintió impresionada por la demostración de afecto. Él, gentilmente, trajo la mano de Ilaria hacia su regazo. Ella sintió su mano desprenderse del gentil abrazo, su palma se movió hacia el revés de la mano de ella y la empujó hacia abajo. Ella esperaba sentir el contacto de su pierna cubierta por el pantalón, pero sorprendentemente sintió piel, piel humana. Su pecho se tensó. Paró de respirar. Sintió pánico en la medida en que comprendía que lo que tenía en su mano era el miembro viril de Rafeal. No tenía ni idea de qué hacer. Tantos pensamientos llegaron a su cerebro que no podía pensar, no podía reaccionar, no podía ni siquiera pensar por qué no estaba reaccionando. Su mano continuaba posada sobre "eso." Cuando sus pensamientos se detuvieron un poco, pensó que probablemente él quería que ella hiciera algo con "eso." Si pensó eso, de todos modos ella no sabía qué hacer. Se sintió bien porque él no decía nada. ¿O era ella? Después de lo que pareció un siglo, lentamente levantó su mano, y la colocó nuevamente en su regazo. Se inclinó al lado contrario de él e intentó sosegarse. Rafeal no dijo nada. Ella estaba tan molesta que ni siquiera notó qué hizo con "eso;" si lo puso en su sitio, o estaba todavía acechado fuera de su jaula. No sabía si debía enojarse. Sólo se sentía enferma. Sentía pánico y angustia. Sus sentimientos de amor fueron estrujados; para ella, esto fue un acto vulgar. Se sentía sobrecogida. Sentía repugnancia hacia Rafeal y consigo misma por su incapacidad de reaccionar en una forma controlada.

Continuaba luchando con sus emociones y con Rafeal. El sexo se cernía sobre su relación como un buitre avizorando su presa moribunda. Progresivamente Ilaria había venido a ser como Rafeal. Se hizo más hábil en el uso del sarcasmo agudo. Su relación a su vez se hizo más y más competitiva. Aprendió a no confrontarlo en público porque sus reacciones eran muy ásperas. Sentía que había venido a ser como un robot, sus respuestas condicionadas por la competencia establecida por la actitud de superioridad de su novio. No creía que sus acciones se parecieran a las acciones robóticas de su madre, las que ella siempre había criticado, pero era a mismo tipo de desesperanza la que la controlaba.

La relación de Ilaria y Rafeal llegó a los oídos del abuelo. Rafeal dominaba el tiempo de ella. Aún cuando él no estaba con ella, se encontraba a sí misma esperando por él. Ilaria todavía no se relacionaba con su familia, sin embargo, el que tuviera novio pareció quitar presión al entorno familiar. Puesto que esto significaba menos confrontaciones, la familia estaba feliz con su nueva orientación. Ilaria extrañaba al abuelo y siempre estaba pensando en hacer más tiempo para él. Lo necesitaba durante este tiempo de cambios en su vida. Y aunque el abuelo nunca comentó acerca de Rafeal con ella, Ilaria sospechaba que no aprobaba su relación.

Las cosas se fueron poniendo tensas con Rafeal acerca del

sexo. Ella le permitía tocarla libremente cuando se besaban, pero siempre ponía un alto cuando él trataba de desvestirla.

"Ya no puedo más con esto." Barbotó Rafeal después de otro rechazo de Ilaria. "¿Qué necesito hacer para finalmente convencerte de quererme lo suficiente como para sacarme de esta miseria? ¡No entiendes el dolor causado por tus constantes rechazos! Dios no pensó en la mujer para llenar de pasión como esta a un hombre sólo para dejarlo pulsando de dolor e insatisfacción."

Ya en el pasado él había hecho alusión al desagradable sentimiento que le producían los rechazos, pero nunca había expresado tan gráficamente que esto le produjera dolor físico. Sintió que la culpa crecía dentro de ella. Estaba cansada de que la presionara. La irreprensible voluntad de Rafeal y la ardiente culpabilidad de ella comenzaron a romper sus inhibiciones. "Esta bien. Esta bien. Pero es que yo no sé qué hacer."

"Yo te voy a ayudar," respondió un excitado Rafeal. "Recientemente tuviste tu período, así que yo sé que está bien hacerlo ahora mismo." Ilaria estaba horrorizada de que de algún modo él sabía que había tenido su período recientemente y más aún de haber aceptado tener sexo en este momento. Ella lo miró, pero más miraba a través de él. Ya no podía pensar en más excusas, y estaba cansada de defenderse. Si accedía, posiblemente las cosas serían más fáciles. Sólo dejarlo hacer lo que quisiera y tal vez podrían compaginar finalmente. Tal vez todo sería mucho mejor.

Él presionó sobre la indecisión y la falta de resolución de Ilaria. La aferró. La atrajo contra su cuerpo excitado. Besó su mejilla; retiró su pecho del de ella aunque mantuvo sus labios unidos. Aflojó sus brazos de alrededor del cuerpo de ella y empezó a desabotonar su blusa. Cuando finalizó con el último botón, gentilmente sacó los la blusa de dentro del jean. Él la miró a los ojos y susurró "No te preocupes cariño; todo va a ser tan bueno entre nosotros."

La blusa de Ilaria cayó al suelo y le siguió el sostén. Rafeal tuvo a su alcance los pechos de ella. Vaciló un momento mientras se daba cuenta de que eran en realidad más grandes de lo que hubiera imaginado y mucho, mucho más bellos. Los acarició suavemente. Se inclinó y besó todo su pecho. Sus besos eran tan tiernos que Ilaria comenzó a pensar que podría disfrutarlo. Era tan bueno sentir a Rafeal tratar una parte de su cuerpo con tanta ternura. Nunca antes había mostrado tanta adoración. De súbito, como si pensara que era mejor proceder antes de que ella cambiara de opinión, se separó y con voz firme le dijo que se acostara en el sofá. Hizo lo que le pedía y empezó a sentirse incómoda nuevamente. Él se inclinó, y rápidamente le quitó los pantalones y la ropa interior. Se levantó y comenzó a quitarse la ropa. Ella lo miró, buscando confort, pero comprendió que él miraba a su entrepierna. Su reacción inconsciente fue cerrar las piernas. Miró el cuerpo de Rafeal brevemente pero rápidamente olvidó lo que había visto.

Yacía al lado de él, después que él hubo terminado, pero no recordaba mucho de lo que había sucedido. Recordaba todo como un acto raro. Recordaba a Rafeal batallando para penetrarla, y que en un momento dado empujó su pierna hacia afuera del sofá cuando le apartaba las piernas. Recordaba haberse sentido mal. Sintió dolor y miedo, pero no recordaba más.

CAPITULO 6

Ilaria parecía haber venido a ser un trofeo para Rafeal. Uno que podía quitar de la repisa en el momento en que él quisiera. La forma en que la trataba, provocaba una ira que crecía en su interior. Esta ira era como un toro tratando de escapar del ruedo o tratando de cornear a un oponente. Se sintió confundida con su propia identidad, pero sabía que ella no estaba destinada a vivir bajo el control de otra persona. Un estado de rebelión crecía dentro de ella. Su fuerza de voluntad, aunque desorganizada, se fue intensificando gradualmente.

Había pasado toda la tarde del viernes esperando que Rafeal viniera o llamara. No lo hizo. Finalmente, Ilaria se durmió en el sofá y se despertó hasta temprano el siguiente día con una sensación de malestar en todo el cuerpo. Se dio cuenta de que no había cenado por la incertidumbre de si Rafeal quería comer con ella o no. Se recuperó y se dirigió al rancho donde sabía que podía tener un buen desayuno con igualmente buena compañía. Llegó cuando los vaqueros ya estaban finalizando de comer. El abuelo sintió su conflicto interno y ordenó un desayuno fresco para ella; se sentó a su lado. Sus fuertes brazos la rodearon atrayéndola hacia su pecho. Las emociones de Ilaria brotaron de su corazón y se derramaron por sus ojos. Se aferró fuertemente a la ropa de su mentor.

Después de unos minutos entrelazados el uno con el otro, Ilaria empezó a contarle al abuelo acerca de su relación con Rafeal y la incertidumbre que sentía. Describió cuán excitante fue al principio. Y le dijo cuán confundida se sentía ahora. Le dijo cómo se sentía crecientemente atrapada bajo el control de su amante machista, quien gradualmente se había perfilado como su amo.

Después de escucharla quietamente hasta que se desahogó, el abuelo la sostuvo fuertemente apretada contra su pecho. Las palabras dejaron de fluir de la boca de Ilaria para eventualmente ser reemplazadas por gemidos y suspiros. Durante un tiempo el abuelo la sostuvo y consoló antes de empezar a hablar: "dominando a alguien uno es capaz de mantener a él o a ella para uno mismo. Está en la naturaleza de la mayoría de los animales, tratar de dominar los unos a los otros en la medida en que intentan controlar los aspectos de su mundo. Requiere de cierta madurez manejar esta natural agresión. El matador disfruta el dominio completo del toro al tomar su vida. Suena como que Rafeal está tratándote de la forma en que ha sido entrenado para tratar al toro."

Después de una pausa en la que trabajaba sobre algunas ideas en su cabeza, el abuelo continuó: "cuando nos enfrentamos a acciones que intentan controlarnos o dominarnos, podemos responder de distintas maneras. Podemos confrontar al agresor. Un golpe en la nariz, una patada en la ingle o a través de una agresión verbal, un insulto. Esto disipa nuestra tensión, pero puede traer consecuencias; puedes dañar o ser dañada. Podemos disminuir el punto de confrontación a través de la diversificación; cambiando de tema, o simplemente alejándonos. El problema permanecerá sin resolver, pero habremos escapado de la tensión." Esto hizo a Ilaria recordar las muchas batallas con su familia, donde ella simplemente escapó hacia el rancho. En tanto su abuelo tomaba un largo sorbo de café, ella se preguntaba por qué con Rafeal ella sólo permanecía sentada ahí, silenciosamente, cuando él era criticón y confrontativo.

"Usualmente el precio por escapar es muy alto," continuó el abuelo. "Si abandonamos nuestro trabajo para huir de un jefe poco razonable, perdemos el trabajo. Si dejamos un amor para escapar de la confrontación, perdemos el amor. Es por eso que mucha gente no abandona sus trabajos o sus amores, a menos que ya hayan encontrado otro trabajo u otro amor."

Puso una de sus grandes manos sobre la cabeza de su nieta antes de continuar. "O podemos dejar de actuar. Dejar de hacerlo nos lleva a la inhibición. Si la situación no cambia, nuestra inhibición se convierte en angustia. A su vez la angustia nos lleva a la agresión irracional hacia otros o hacia nosotros mismos. La angustia, el excruciante dolor de la desesperanza puede incitar a alguien a matar o hablar mal de otros de forma consistente. El Matador trata de llenar al toro con angustia, para que pierda su habilidad de actuar independientemente; entonces sus movimientos pueden ser controlados por las habilidades del torero. La angustia dirigida a uno mismo puede ser sicosomática, afectando nuestro sistema biológico. Nosotros contraemos una infección que normalmente podríamos vencer o permitimos que se multipliquen las células cancerosas. Podemos dirigir nuestra tensión a nuestro estómago, desarrollando úlceras, a nuestra mente, causando dolores de cabeza y tumores, o a nuestro corazón, creando alta presión sanguínea, derrames cerebrales y ataques al corazón." Ilaria pensó en cómo, últimamente, se había sentido mal todo el tiempo. Dolores de cabeza, náusea y dolores en general.

Antes de finalizar, su amado abuelo tomó otro sorbo de café y frotó su curtida cara sin afeitar. "Las parejas luchan por el balance de la relación, o por dominio. La inhibición en la relación se multiplica. Entre más frecuentemente la gente deja de actuar en contra de demandas irrazonables, con más frecuencia sus parejas tienden a dominar y tomar ventaja de la situación. El Matador trata de forzar el desbalance, para obtener el control absoluto. Esto garantiza su seguridad y su habilidad de entretener. Pero debe ser paciente. Debe trabajar con el temperamento que es particular en cada toro. Si trata de acelerar su maestría, puede terminar con un público aburrido, o peor, encontrarse a sí mismo ignorado."

El abuelo volvió a frotar su barbilla mientras organizaba sus ideas. "Creo que sería justo decir que la mayor parte del tiempo las batallas entre parejas son sutiles. En vez de confrontar una testaruda posición de la pareja, la contraparte prefiere abandonar su propia postura, o balancear el abuso con serenidad. Por tanto, si uno de ellos tiende a abusar del alcohol, del trabajo o el juego, el otro tiende a beber menos, trabajar menos o jugar menos, en su constante batalla por encontrar armonía en la relación. Pero ese instinto por equilibrio, irónicamente pude apartar aún más a la pareja, en la medida en que vienen a ser menos parecidos y menos interesados en el comportamiento e interés del otro."

"La forma en que lo expones Abuelo," dijo Ilaria. "Lo hace sonar como que las elecciones son simples. Para mi siempre parece muy difícil. Cuando me enfrento con algún conflicto, en lo único en que me enfoco es en la emoción que siento. El dolor de enfrentarme con algo que no es agradable."

"Esto no es inusual, mi niña," contestó el abuelo. "Piensa en cómo los animales reaccionan. Ellos actúan por instinto; auto preservación. Para bien o para mal nosotros los humanos desarrollamos cerebros muy complejos que nos dan la habilidad de controlar la forma en que actuamos. Debemos aprender eso, y el primer paso en este aprendizaje es decidir exactamente qué es lo que queremos aprender. La pregunta es: ¿queremos ser el toro o el Matador? ¿Queremos ser alguien que sólo reacciona, o el que domina la situación mediante dedicación, aprendizaje y la conquista de los elementos? ¿Elegimos usar nuestras mentes para entender y controlar nuestras emociones e instintos? Si no hacemos esta decisión, creo que nuestra mente perderá gradualmente la batalla frente a los sentimientos apasionados de nuestras almas."

Su amada figura de autoridad, el abuelo, puso su mano debajo de la barbilla de Ilaria y gentilmente hizo girar su cabeza de forma que quedaron viéndose a los ojos. "Hay una llave hacia el conocimiento de cómo actuar, mi preciosa." Su sonrisa creció mientras añadía: "la que tampoco es un secreto."
"¿La hay?"

"Si. Y se llama amor, la clase de amor que está conectado a algo más grande que nosotros mismos, el tipo de amor que sabe cuándo confrontar, iluminar o dar confort. Esa es la clase de amor a la que nosotros debemos aspirar y que debemos nutrir."

Esa tarde Ilaria se encontró con Rafeal en el bar y restaurante del barrio. Rafeal, Arturo y Francisco estaban jugando cartas en la esquina. El exigió que Ilaria le sirviera toda la noche. La recompensa que ella obtuvo fue un par de nalgadas. Esa noche Ilaria estaba muy quieta. Ni siquiera un creativo sarcasmo. Las palabras del abuelo giraban alrededor de su cabeza.

Su corazón daba vueltas con angustia. Se sentía como el toro, pinchado con las picas del Picador, acosado por el capote, luchando por su propio espacio. Sólo un animal puede aguantar tanto. El toro embiste en violenta desesperación.

"¿Qué le pasa a la 'Señorita Irritación' esta noche?" Dijo Rafeal.

Ella sólo lo miró. Apretó con fuerza el collar que él le había regalado. No podía más. Se levantó abruptamente, sus ojos ardiendo con enojada pasión: "toma tu pendejo collar Rafeal," mientras lo arrancaba de su cuello y se lo lanzaba. "Colócalo alrededor del cuello de otra idiota."

Ella sintió en su interior un gran alivio. Para enfatizar su nueva libertad, tomó el vaso de cerveza de alguien y vertió el espumeante líquido en el regazo de Rafeal. Este tuvo que levantarse intentando quitarse de encima la mayor cantidad de líquido posible mientras murmuraba cosas como "puta loca." Unos cuantos de los borrachos clientes, mostraron sorpresa, pero el resto permaneció en silencio. Ella miró a Rafeal por un rato más, preparada para cualquier reacción. Él permaneció atontado. Ilaria dio la vuelta y se alejó.

El frío aire de la noche refrescó su ardiente piel. Una gran paz llenó su corazón, y su angustia se extinguió como consecuencia de su violenta actitud. Frotó su nuca para aliviar las lastimaduras provocadas por el despiadado arrancón de su antigua cadena. Su cuerpo se tensó. Apretó los dientes. Alzó su puño hacia el cielo, "Nunca, nunca, nunca. Nunca más permitiré a otro hombre poner un lazo alrededor de mi cuello. Nunca."

CAPITULO 7

Para Ilaria había poco que ver hacia atrás. Sintió oscuridad rodeando su relación con Rafeal, hasta que finalmente la envolvió y cerró su corazón. Afortunadamente la escuela terminaría pronto, ambos se graduarían y seguirían con sus vidas. A pesar de las protestas de su madre, Ilaria decidió no asistir a la ceremonia de graduación, y se trasladó al rancho a pasar el verano. Ya sabía que Rafeal había estado hablando mal de ella y que ya no se relacionaría con los chicos populares del pueblo. Tendría que enfrentar eso en algún momento, pero por ahora solo pasaría tiempo con el abuelo.

Su padre había preparado algo especial para su hermano Arturo. Su viejo amigo en el toreo, Mauricio Pimental, que fue uno muy bueno, ahora era un reconocido maestro. Juan Carlos persuadió a Mauricio para que pasara el verano en el rancho trabajando en las habilidades taurinas de Arturo.

Ilaria hubiera preferido tener al abuelo sólo para ella pero recordaba al Señor Pimental como una hombre muy agradable.

"¿Ilaria, realmente eres tú?" Preguntó el Sr. Pimental al verla. "Te has convertido en una adorable dama," comentó con un rápido vistazo. Al continuar observándola vio sus sucias ropas de ranchera y continuó. "Veo que todavía sabes cómo ser útil en el rancho con los hombres y los animales."

"Prefiero estar con el Abuelo y los toros," dijo Ilaria.

"Yo los consideraría afortunados a ustedes dos por eso. Sigan así. No permitas que nadie te influye con su idea de lo que es una mujer."

"Si, Señor Pimental," respondió Ilaria.

"Nada de esa cosa de 'señor.' Para todos yo soy Mauricio. ¿Está bien?"

Ilaria asintió con la cabeza, y a pesar de que no estaba tan segura de lo que el quería decir, recordó porque ella gustaba de él desde antes. Siempre la había tratado como a un igual, nunca como a una pequeña niña.

"Señor Oniveres, es un gran honor estar de nuevo en su rancho," dijo Mauricio al patriarca cuando se aproximaba a ellos. Y finalizó el saludo con una profunda y graciosa inclinación de Matador.

El honor es mío Mauricio, pero como tú dijiste, nada de señor. Llámame Prisciliano. Este es mi principal peón en el rancho, Noé. Él te llevara a la casa de huéspedes donde tú y tu pupilo Arturo estarán durmiendo.

"Muchas gracias Prisciliano," contestó Mauricio en un tono de voz muy confiado en tanto procedía a hacer otra profunda reverencia.

Cuando Noé y Mauricio se alejaron, Ilaria tomó la mano del abuelo con sus dos manos, se inclinó hacia él y preguntó "¿Cómo puede un hombre tan gentil y amable ser tan buen amigo de mi papá?"

"Tal vez es por eso que se lleva tan bien. Mauricio es un hombre muy paciente, y esa es una de las razones por la que es un buen maestro, y probablemente es por eso que puede tener amistad con tu padre."

Ambos disfrutaron de una carcajada al unísono al pensar en ello.

CAPITULO 8

Mauricio y Arturo pasaron un par de días sólo caminando por los terrenos del rancho y hablando acerca de las experiencias previas de Arturo con los toros. Este le demostró algún trabajo con el capote, lo que dio a Mauricio una idea de sus fortalezas y debilidades. Ambos dormían en la casa de huéspedes, lo que les permitió también hablar por las noches. Mauricio siempre intentaba elevar sus discusiones de la técnica, llevándola hacia la filosofía detrás de cada tipo de aproximación.

Mauricio, como todo buen maestro, era también un buen escuchador. Quería conocer más a Arturo, más acerca de su familia, de sus intereses. Hablaron de su novia Estela. Hablaron de Ilaria.

"¿Cómo es que tu hermana vino a tener el nombre de Ilaria?" Preguntó Mauricio.

"Bien," contestó Arturo: "mamá es muy aficionada de Clint Eastwood. Amaba ver sus películas. Estaba leyendo los créditos de una de ellas, y vio que una de sus co-estrellas se llamaba Ilaria. Para ese tiempo mamá estaba embarazada con nosotros, y obviamente, le pareció un nombre muy bonito." Con una sonrisa añadió, "Y también había un Arturo en el reparto."

Mauricio rio. "Ambos son nombres interesantes. ¿Cómo es tu hermana?"

"Mi hermana," Arturo miró hacia otro lado y movió sus pies. "Ella tiene un toro en la cabeza. Piensa que puede hacer lo que quiera, y usualmente es un poco demasiado buena con cualquier cosa que hace."

"Suena como que ella no te gusta del todo."

"No. Eso no es cierto." Respondió Arturo. "Supongo que estamos en una edad en la que todo parece ser competitivo entre nosotros; sin embargo este verano ha estado muy quieta desde su ruptura con Rafeal. Era una relación difícil que la ha dejado muy reservada. Rafeal iba a entrenar con nosotros, pero el abuelo decidió no invitarlo en consideración de lo que pasó."

Después de escuchar y ver a Arturo, Mauricio movió la cabeza un par de veces y reclinó su espalda sobre la cama mientras contemplaba ciertas curiosas ideas que saltaban en su mente.

A la mañana siguiente todos se reunieron para desayunar en la mesa grande. Mauricio una vez más agradeció con gentileza al Sr. Oniveres por toda la hospitalidad demostrada. Una vez finalizaron la comida, Mauricio dijo: "Prisciliano y Ilaria, tengo una proposición para ustedes. Quiero preguntarle a ambos si Ilaria podría ayudarme con el entrenamiento de Arturo."

Arturo dirigió a Mauricio una expresión de asombro, Ilaria continuó comiendo, no entendiendo realmente que estaban hablando de algo que le incumbía también a ella.

"¿Qué tienes en mente?" preguntó el abuelo.
"Es mejor entrenar a más de un joven estudiante a la vez," repuso Mauricio. Entonces volvió su cabeza hacia Ilaria. "Aún que no serías una estudiante "per se," sería bueno para Arturo tener a alguien con quien entrenar, alguien que sea su espejo, donde él pueda observar la técnica y ustedes dos podrían ser un reto el uno para el otro."

Ilaria, finalmente entendiendo que Mauricio le estaba pidiendo unirse al entrenamiento, preguntó con incredulidad "¿Quieres que ayude con el entrenamiento de Arturo como torero?"

"¿Piensas que puedo aprender algo entrenando con una mujer?" Preguntó sorprendido Arturo.

"Yo sé que suena loco, pero a menudo uso métodos no convencionales para ayudarme a enseñar a mis estudiantes, así pueden ser excepcionales, no del montón. He tenido a estudiantes participando en clases de danza. He tenido estudiantes entrenando en el mar. Las mujeres se mueven distinto que los hombres, más naturalmente. He estado pensando acerca de eso por un tiempo pero nunca estuve en la posibilidad de experimentar este concepto. Arturo, tú te mueves con fuerza atlética, igual que tu padre. Y como él tu debilidad es la falta de movimiento artístico. Las mujeres se mueven de una manera graciosa. Al entrenarte en oposición a una mujer, espero que infunda algo de su gracia a tu estilo atlético."

Ahora consciente de lo que Mauricio le estaba pidiendo, Ilaria preguntó: "¿Quieres que me entrene como si yo fuera a ser un torero?"

El cuarto estaba muy quieto, todos estaban sorprendidos. El concepto de una mujer haciendo cualquier cosa que perteneciera al mundo masculino del toreo, era algo que estaba más allá de su imaginación inmediata.

El Abuelo Oniveres comenzó a reír un poco. "¿Qué piensas Ilaria? ¿Quieres jugar a los hombres por un tiempo?"

El interés de ella estaba creciendo. Ahí estaba la expresión asombrada en el rostro de Arturo. Ahí estaba la forma en que el abuelo la retaba al preguntarle si estaba dispuesta a jugar: "el juego de los hombres." Y más que todo le sorprendía que ese hombre que ella había aprendido a respetar pudiera considerar sus habilidades suficientes como para proponerle ese atrevido plan. Se encontró a sí misma aceptando algo de lo que no tenía idea.

CAPITULO 9

Cada mañana los entrenados comenzaban con ejercicios de estiramiento, fortalecimiento y carrera. El comentario de Mauricio siempre que Arturo le daba una mirada de impaciencia era: "Debes aprender a caminar antes de aprender a correr." No pasó mucho tiempo antes de que Mauricio solo tenía que mirar a Arturo y éste repetía las mismas palabras que había escuchado tantas veces. En realidad Arturo estaba tan entusiasmado por la atención que recibía, que no le importaba el trabajo. Veía esto como su oportunidad de rozarse con los más importantes prospectos de matador, como Rafeal. Para Ilaria, esto era nada más que un buen ejercicio. Lo amaba. No sólo estaba disfrutando el sentirse físicamente en forma, sentía que el dolor por la ruptura con Rafeal estaba siendo sacado de su sistema en la medida que los ejercicios le sacaban el aliento.

Mauricio e Ilaria convinieron en que ella no se preocuparía por las constantes referencias a pronombres masculinos como: "él, hombre, hombres." Ambos entendían que esta era la nomenclatura de la profesión. Ella estaba feliz de ser parte de algo importante. Por primera vez en su vida de adulta, se sentía como un igual. Mauricio continuó tratándola del la misma forma en que trataba a Arturo. Empezaron con giros de la cabeza. Los estudiantes se sostenían la cabeza el uno al otro mientras hacían esfuerzos por mover la cabeza, poniendo presión sobre los músculos del cuello para fortalecerlos.

"La primera regla para una corrida es tener siempre el ojo en el toro," enfatizó Mauricio. "El cuello debe mostrar fuerza y la cabeza siempre en alto." Luego venían las sentadillas hasta que ellos quedaban totalmente exhaustos. Después, con los pies separados, manteniéndose totalmente erectos, con las rodillas rígidas, debían tocar los dedos del pie izquierdo con la mano derecha y los del pie derecho con la mano izquierda. "Otra vez. Otra vez" Mauricio cantaba. Corrían hacia adelante, luego hacia atrás, en zigzags, todo el tiempo concentrándose en mantener erguida la parte superior del cuerpo, más o menos de la forma en que un esquiador da la cara a la línea de caída de la colina, mientras sus piernas giran los esquíes de forma que el peso de la parte superior de su cuerpo da poder a sus vueltas. "El torero debe tener completa fuerza y control de su torso para que sus movimientos todo el tiempo reflejen el control y la majestad de su presentación. El matador no muestra estrés, sólo dominio y concentración." Además de los ecos del: "otra vez, otra vez," pronto el abuelo y los otros peones del rancho escuchaban a Mauricio gritar, "dominio y concentración," una y otra vez. "¡Seguro, seguro! ¡Quiero ver seguridad y completo dominio!"

Después del almuerzo trabajaron en cómo sostener el capote. Un agarre firme pero relajado con el pulgar hacia arriba. Mauricio los colocó a ambos con sus columnas contra los postes de la barda, donde desarrollaron 100 Verónicas, el pase clásico con el capote. Una y otra vez los estudiantes escucharon a Mauricio ordenar: "¡mantengan el torso erecto!" Ilaria estaba usando músculos que ella ni siquiera sabía que tenía. Su dolor era tanto que no sabía qué músculos en realidad sentían el dolor. "Pulgares alzados, agarre firme, codos afuera, ahora muevan sus brazos como si no tuvieran columna," rugía el maestro.

Cuando hubieron finalizado las Verónicas, finalmente tuviera algún tiempo con los toros. No como conquistadores, sino como cuidadores: alimentándolos, acicalándolos y poniendo énfasis en los toros con potencial de lidia. Esto no era nada nuevo para ellos, especialmente para Ilaria. Lo había estado haciendo por tanto tiempo como podía recordar. Se sentía muy cómoda con los toros. Aunque respetaba su poder, no tenía miedo de su tamaño o fortaleza. Todo el tiempo pasado con ellos le daba una sensación de entendimiento.

Las herramientas y las técnicas usadas por el abuelo y los rancheros para desarrollar la malicia y la fuerza en el toro de lidia era una ciencia interesante para ella. En el rancho había un gran respeto por esos magníficos animales, pero nadie perdía de vista que el hombre debe ser su amo.

Para Mauricio era tiempo de una siesta. Se ubicó en un sitio con sombra, con vista al rancho y se empapó de todos los olores, los sonidos y el aire lleno de polvo, que eran como una tibia sábana en una noche fría. Muy pronto se sumía en el sueño.

Después de dos semanas practicando solamente en el poste, Mauricio introdujo algunos más progresivos movimientos con el capote. Los hacía correr hacia atrás con el capote y empezaron a trabajar con las 'largas' con una mano y 'pases dobles' con dos manos.

Una mañana, después de los ejercicios regulares y antes de seguir adelante, Mauricio se sentó con sus estudiantes para conversar. Los hizo sentarse con él sobre la hierba en un sitio sombreado, cerca de uno de los corrales. "Tomen asiento por favor, no habrá trabajo de capote el día de hoy. Es tiempo de hacer una pausa en la mecánica y hablar más acerca de la filosofía y el arte detrás de todo. Empecemos con lo que hemos alcanzado aquí. Nosotros somos hombres," hizo una breve pausa mirando a Ilaria, pero continuó. "Nosotros somos seres pensantes enfrentados a una bestia, una muy particular, que no sólo posee característica animales, si no que también ha sido criada y desarrollada para ser aún más bestial. El arte del torero es transformar este amenazador y peligroso animal y hacer de él un elegante compañero de danza. Nuestra danza está basada en dos piezas de tela, el capote, y su versión roja, la muleta. El toro es una masa de energía pura. Como la naturaleza y la vida misma, la forma en que el toro libera su energía no puede predecirse. Es nuestro trabajo poner en orden la imprevisibilidad de la naturaleza y la vida. Es nuestro trabajo como matadores imponer orden en el toreo. Revisemos el orden básico del toreo." Ilaria se irguió y dio a Mauricio toda su atención. Quería entender cómo todo se ligaba entre sí. Arturo también estaba deseoso de un entendimiento mayor de la filosofía detrás de las enseñanzas de Mauricio. Ambos estaban disfrutando descansar de toda la pesada actividad física.

Mauricio continuó, "La Corrida es el evento del toreo. La Lidia, es el enfrentamiento con cada toro. El Lidiador es el artista de la Lidia, o el Torero. Torero es cualquiera que se enfrente al toro, pero el Matador es, claro está, el principal. Otros nombres para el Matador son: Espada, y más comúnmente Diestro. Torear es el verbo que significa enfrentar al toro. Faena, es la labor del hombre enfrentando, entendiendo, engañando y eventualmente controlando al toro.

Iniciamos con el capote y luego continuamos la faena con la muleta y la espada. Estas son las herramientas para desarrollar el arte del toreo. Nuestra misión es ganar control completo del toro a través de la lidia con una serie de pases también llamados lances. Hay tres partes en cada lidia de toros, conocidos como tercios. En el primero, el tercio de varas, usamos nuestro capote, grande, en colores magenta brillante y dorado para alcanzar tres objetivos. Primero obtenemos un entendimiento del toro que enfrentamos, segundo, lo dirigimos hacia los caballos de los picadores y también lo alejamos de ellos, tercero, nos presentamos nosotros mismos y nuestro estilo a los espectadores. El trabajo del picador y sus picas es disminuir la velocidad del toro, debilitar y aguijonear al animal colocando sus picas en la base del cuello, entre los hombros. Es importante que ustedes y su picador estén en la misma página respecto a cuánto daño produce al toro. El segundo de los tres tercios es el de las banderillas, llevado a cabo por toreros especializados, los banderilleros, que clavan sus afilados dardos en la poderosa nuca del toro para debilitarlo aún más. Habrá momentos en tu carrera, Arturo, en los que tú mismo deberás colocarlas y es importante entender siempre la técnica. El tercer y final tercio, es el tercio de la muerte, donde el matador desarrolla la faena con un capote rojo más pequeño, la muleta, que está unida a una especie de bastón de madera llamado estaquillador. Es aquí cuando la lidia viene realmente a ser un mano a mano; tú, el toro, la muleta, tu espada y finalmente la muerte. Para revisar, podrías decir que hay cinco hechos fundamentales en una corrida. El toro es recibido con el capote y llevado al caballo para disminuir su velocidad y ser debilitado. Los banderilleros le debilitan aún más cuando lo burlan y engañan con los capotes. El capote es nuestra herramienta para controlar al toro y traer orden al caos. Entonces lo enfrentamos 'tú a tú' con la muleta, donde continuamos removiendo su fuerza para bajar su cabeza y terminar con la muerte."

Arturo estaba inspirado y salió corriendo a practicar con el capote. Ilaria mantuvo acorralado a Mauricio con una andanada de preguntas hasta que él finalmente imploró ir al comedor donde Ilaria siguió con la conversación envolviendo además a los peones del rancho. Por primera vez en su vida, cuando su cabeza tocó la almohada, medio dormida, pensó que finalmente entendía al hombre mexicano y su pasión por las corridas.

Mauricio los mantuvo ejercitando y continuó haciéndoles ejecutar sus 100 verónicas diarias apoyados en el poste. No quería que perdieran la forma clásica de la verónica. Gradualmente empezó a enseñarles otros pases con el capote. Delantales, deblarses y remates. Trabajaron especialmente duro en la medias-verónicas porque Mauricio enfatizaba la importancia de dominar con maestría ese importante pase de remate. Ilaria se estaba divirtiendo al aprender "el largo" de las largas, e inmediatamente mostró grandeza ejecutando ese largo y espectacular pase. Arturo estaba particularmente entusiasmado cuando Mauricio empezó a trabajar con ellos en los quites, el rápido, apretado y decorativo lance que era usado para separar al toro del caballo del picador.

Mauricio reclutó algunos muchachos de los ranchos vecinos para servir como toros simulados. Los cuernos de los muchachos eran cuernos de un toro de cinco años de edad, adheridos a una pieza de madera, y sostenido sobre la cabeza cuando corrían hacia Ilaria y Arturo simulando la embestida del toro. Los muchachos se deleitaban en ser parte de algo que tenía que ver con el entrenamiento de los toreros. Hacia atrás y hacia adelante ellos iban, para que

Ilaria y Arturo pudieran practicar pase tras pase. El mayor de los muchachos era perfecto para que los estudiantes practicaran los pases de mano alta, y el más joven y pequeño era muy bueno para practicar sus lances con la muleta.

En un intento de reenfocar a sus estudiantes, Mauricio los llevaba aparte y otra vez se sentaba con ellos a platicar. "Ahora que están aprendiendo muchos y diferentes pases, y están haciendo algunos de ellos en combinación, es importante mantener su centro. Todo toreo comienza con los cojones, los testículos. Lo siento Ilaria, pero esta es una premisa básica del toreo. Deben tener cojones para tener valor, pero más importante, cada lance, cada pase, comienza con el movimiento de citar, y se cita al toro con los cojones, con tu entrepierna. En palabras más cortesas nosotros decimos la cintura, o el pecho, pero lo que queremos decir es: los cojones." Entonces demostraba cómo el primer movimiento del capote es dado por el movimiento del cuerpo mismo, y como ese movimiento a su vez le da al torero algunas pulgadas extras de margen, que puede significar la diferencia entre un lance espléndido y un lance mediocre.

Una noche Mauricio entregó un libro a Arturo. "Me gustaría que leyeras este libro de Eugene Martínez, quien fue el Platón, el Aristóteles y el Aquino del toreo. Si puedes entender su perspectiva del toreo, ganarás paciencia en tus esfuerzos por afinar tu arte. Hay un orden. Un orden que ha sido edificado por la historia y el respeto por la tradición. Las reglas clásicas son tres: parar, templar y mandar. Debes aprender a hacer estas tres cosas con el capote, porque son difíciles y antinaturales, y mas difícil con el capote porque tu toro no ha sido reducido en su velocidad por la pica, ni cansado por todo lo que sucede antes del tercio de la muerte. Es por qué es tan difícil que muchos toreros de hoy en día son tan pobres con el capote. Ellos tienen prisa, pero tú vas a tomar tu tiempo," aseguró Mauricio. "Estudia esas técnicas y observa a tu hermana. Quiero que perfecciones esas técnicas pero no quiero que seas mecánico. Es estando alrededor y observando a tu hermana como tú puedes aprender. Ella tiene un increíble y natural sentimiento por esos animales. Ese sentimiento por el toro y la gracia femenina natural de Ilaria será tu musa en el arte de nuestro deporte."

Cada domingo el maestro, los estudiantes y usualmente el Abuelo Oniveres más algunos de los peones se reunían alrededor de la TV por satélite para ver el toreo televisado. Al principio Arturo prefería ver las corridas de toros y observar a matadores completos en su ejecución, pero Mauricio insistió en que las novilladas eran más importantes, porque esos toreros cometen errores más obvios, y Arturo e Ilaria aprenderían más rápidamente. Mauricio continuó con su discurso, enseñando a Arturo e Ilaria las características del toro, las fortalezas y debilidades de los matadores así como las de los peones y los picadores. Insistía en que, a pesar de lo que uno pueda saber por el linaje del toro y por la observación en el sorteo, cada toro continúa siendo un misterio cuando sale del toril. El torero debe leer al toro por intuición y ajustar su técnica de acuerdo a sus características. "La principal diferencia entre el novillero y el matador completo," insistió, "es que ambos se enfrentan al mismo misterio: el toro, pero el matador sabe como encubrir sus dudas y defectos, mientras el novillero no ha aprendido todavía a lucir seguro cuando no lo está. El gran matador hace que cada lidia parezca seguir un libreto que ya ha sido escrito." Mauricio insistió en la importancia de los pases en el toreo: "los matadores más seguros son aquellos que tienen bajo su dominio los medios para lidiar con cualquier clase de toro." Repitió esto una y otra vez hasta que Arturo se aburrió de escucharlo. "No puedes esperar que el toro te entienda; tú debes ser capaz de torear cada toro que sale del toril. Cada toro tiene su lidia."

Ilaria no mostraba mucho interés en esas discusiones, pues estaba más interesada en el espectáculo completo. Las preguntas que hacía a Mauricio tenían más que ver con la pompa y el trabajo interno del espectáculo. También su tendencia era enfocarse en los toros. Su naturaleza y experiencia en el rancho estableció un lazo con el espíritu de esas grandes bestias. Aún a través del ojo de la televisión, Ilaria a veces se evaporaba en una semi-inconsciencia y su imaginación se entrelazaba con el espíritu del toro. El abuelo había sido testigo de la interacción de ella con los toros del rancho. Sus padres no entendían este comportamiento y a menudo dejaban que su temor a lo desconocido los llevara a regañarla y aún disminuirla cuando se sumergía en ese semi-inconsciente estado mental. Aún el abuelo se preocupó por ella en los años tempranos cuando veía a su "pequeño toro" deslizarse por la barda para tocar y observar más cercanamente a esos grandes animales. Pero siendo un hombre de buena imaginación y apreciación por lo desconocido, aprendió no solo a respetar sino a animar a Ilaria en lo que él veía como una verdadera cualidad espiritual de su nieta. Un lunes, después de una de las sesiones domingueras viendo corridas en la televisión, Mauricio interrogó a Arturo e Ilaria acerca de lo que habían visto. "¿Qué hizo equivocado Rodríguez en su segundo mando del primer toro? Ustedes ahora son maestro en el mando, así que díganme."

"Maestro, yo no sé, yo pensé que fue un lance muy bueno," contestó Arturo. Ilaria simplemente se encogió de hombros.

"¿Pero perdió el toro, no es así? Un buen toro que podía resistir seis o siete mandos, y le sacó sólo dos, lo dejó salirse y se lo entregó a los picadores. Eso es lo que hizo mal."

Tomando el capote de las manos de Arturo, Mauricio demostró cómo, por cobardía o inseguridad, Rodríguez había retrocedido ante la embestida en vez de ir hacia la trayectoria del toro, dando así la impresión de control, pero en realidad sacrificando mando hasta el punto de perder control del animal. Devolvió el capote a Arturo, y bajo su escrutiñadora mirada, ambos, Arturo e Ilaria repitieron las maniobras por casi treinta minutos mientras, como el sonido de un disco rayado, Mauricio repetía continuamente: "¡respeto!"

Otro domingo, Mauricio criticó al matador Villegas, "Confunde mando con ignorancia y vulgaridad. El toro no lo respetó." Dijo Ilaria sin ninguna emoción. "Miró al Sr. Villegas como quien ve un árbol, que nosotros sabemos está ahí, pero al que le prestamos muy poca atención. O como a una mosca, a la que inconscientemente espanta con la cola. Ese toro permaneció más interesado en quienes estaban en la arena y en los ruidos de la multitud, que en el matador." Ilaria miró hacia las montañas. Tenía una de esas expresiones que Arturo y Mauricio ya habían aprendido a reconocer. Significaba que estaba sólo parcialmente presente. Arturo la miró con las cejas levantadas, tomó su capa, y continuó su práctica. Mauricio simplemente sonrió, y en silencio, deseó poder enseñar lo que ella estaba sintiendo.

En sus adentros, Mauricio ya sentía un grado de éxito en haber reclutado a Ilaria. A sus ojos, no había duda de que el trabajo de Arturo con el capote había alcanzado gran fineza. Estaba seguro de que esa mejoría se debía a la observación diaria de la gracia artística de Ilaria. Por la primera y única vez, Mauricio permitió a su imaginación ver a Ilaria como "Matador." Aunque sabía que ella no tenía ese deseo, y él dudaba de su fuerza física, no había duda en su mente de que ella podría manejar al toro de una forma inolvidable.

En agosto, Mauricio permitió a los estudiantes iniciarse con las muletas, el pequeño capote rojo en el que muchos piensan cuando de toreo se trata. Pero antes de que comenzaran su entrenamiento con esta herramienta, y eventualmente con la espada, la otra herramienta para el tercio de la muerte, los sentó con él para otra sesión filosófica.

"El toreo es una iluminación de varias paradojas humanas: poder y su ausencia, suerte y destino, emociones y riesgos, ambos racional e irracional. Como en la vida, en la corrida hay confusión por lo que parece ser y lo que en realidad es. Hay un engaño y hay una ilusión. Y también hay la pregunta de si estamos obteniendo lo que queremos de la gente o del toro con la seducción de la magia o la fuerza de la realidad."

Mauricio creía que gran parte del éxito alcanzado con sus estudiantes se debía a que les enseñaba la filosofía detrás de lo que estaban haciendo. "El pasado," continuó: "es una metáfora en cada paso en la vida. Algunos pasos son inherentemente más peligrosos que otros. El hombre, el predador, mata o muere. Y tenemos que preguntarnos: ¿nosotros también vivimos para matar? Y de la misma forma en que a pocos toros se le otorga salvación en el mundo físico, pocos hombres reciben salvación en el mundo espiritual."

Tarde ese verano, Mauricio hizo practicar muy duro a Arturo e Ilaria en los pases básicos de la faena: el natural, el derechazo, el pase de pecho y el ayudado por alto. Mauricio se volvió difícil de complacer. No toleraba la mínima inclinación de la cintura, ni la más leve tendencia a codillear. La técnica de los estudiantes se volvía descuidada al fin de la mañana, cuando estaban cansados.

Les enseñó a evitar el excesivamente de moda movimiento lateral de la cintura por ser antiestético y falsamente emocional. Ilaria tenía una movilidad muy natural. Siempre que Mauricio estudiaba su ejecución con el capote, ella le recordaba lo que él imaginaba que una princesa Maya habría sido. Siempre mantenía la cabeza en alto y tenía un maravilloso arco en su esbelta espalda. Arturo y otros novilleros tenían la tendencia de bajar la cabeza para mirar la capa y en otras posiciones del cuerpo, porque su mayor preocupación era la técnica. Ilaria tenía la personalidad suficiente como para no pensar demasiado en la técnica. Mauricio comprendió que sería fácil para ella conservar su orientación siempre hacia el toro, porque el toro es en quien ella estaba, y siempre estaría interesada. También disfrutó una risita para sí mismo al pensar en la ironía de lo fácil que había sido enseñarle. Pensó en sus adentros cuán brillante él había sido al reclutarla; su natural realeza y gracia habían influenciado grandemente a Arturo.

Los hermanos aprendieron a avanzar después de un natural o un derechazo para no perder terreno antes del siguiente pase. "Algunas veces, con un toro muy noble, ustedes podrían permanecer en el mismo lugar, sólo pivoteando para el siguiente pase. Pero no deben nunca retroceder, como su instinto natural les dice. Deben siempre mostrar comando y control sobre el toro y la multitud. Deben siempre mostrar que ustedes son los agresores y que no están a la defensiva."

Arturo continuaba teniendo problemas con lances que

requerían fuerza y coordinación en su débil lado izquierdo. Izquierdo versus derecho no era problema para Ilaria porque siempre había sido ambidiestra. Observando esto otra vez, hizo a Mauricio decirse a sí mismo, "¡Dios mío! Pensar en cuanto talento natural tiene esta niña me hace sentir contento de haberle encontrado una salida este verano en vez de desperdiciarlo." Mauricio obligó a Arturo a cargar un pesado tubo en su mano izquierda mientras no estuviera practicando con el capote. También lo hizo realizar ejercicios de fortalecimiento para desarrollar más aún su costado izquierdo.

A veces Arturo se desanimaba porque Mauricio no le permitía progresar más rápidamente. Al mismo tiempo, sabía que él estaba en lo correcto, que no estaba listo. Algunas veces se preguntaba si tendría el coraje necesario para la profesión de torero; no se atrevía a poner estas reservas en palabras, pero Mauricio adivinaba lo que había en la mente del muchacho. "Claro que tienes que tener coraje," decía, "pero el coraje se aprende como todo lo demás. Nosotros los mexicanos puede que seamos menos valientes que otros pueblos puesto que hablamos demasiado de eso. Nadie jamás me acusó de falta de valor en la plaza. Pero nací cobarde, y cuando pienso en eso creo que todos los hombres han nacido cobardes. Valor frente al toro viene de la confianza en tu técnica y en tu habilidad de usar tu temor natural. Esto llega con práctica y más práctica, y manejando bien los problemas dentro y fuera de la arena. Temor es también inspiración. Un hombre que no le teme al toro es un tonto mentiroso. Sin miedo no puede haber emoción. ¿Qué es lo que el público siente? Es el temor del matador y su habilidad de ponerlo en buen uso a través de la técnica. ¡Temor es la fuerza para ser valiente!"

Al principio Arturo obtenía muy poco alivio con estas palabras, pero después vino a reconocer la verdad en ellas y agradeció a Mauricio por no enfrentarlo con los clásicos clichés acerca de la suerte, el destino y la hombría.

Mientras tanto, Ilaria encontraron las conversaciones entre los dos hombres como muy interesante. Escuchando a Arturo y Mauricio hablar le dio una nueva perspectiva de los sentimientos y deseos de los hombres. Encontró sus conversaciones centradas en la hombría, particularmente iluminadoras. Su relación con su padre y con Rafeal la habían dejado perturbada acerca de esa característica de los hombres. Comenzó a sentirse en paz con las necesidades masculinas por cierto machismo y cómo esto podía darles una fuerza que los sostenía, una columna vertebral.

Las cosas se avivaron el siguiente mes, cuando Arturo e Ilaria fueron dejados a su albedrío con el toro de práctica, con los cuernos cubiertos y los cuerpos de ellos muy bien protegidos. Vinieron a ser un equipo en la medida en que trabajaban al toro juntos, con Mauricio asegurándose que nadie saliera seriamente lastimado. Trabajaban con una espada de madera a la que Mauricio había atado una tela en la punta. El maestro hundía esa tela en polvo de tiza para que pudieran ver donde la espada hubiera entrado en el toro. Enfatizaba una y otra vez en lograr que la cabeza del toro bajara lo suficiente y la necesidad de no sólo atacar el punto vulnerable para penetrar exitosamente la estructura protectora del cuerpo, sino también hacerlo en el ángulo apropiado. Afortunadamente todos los rancheros conocían a Ilaria por tanto tiempo que no se sentían ofendidos de que una mujer estuviera entrenando con su hermano. No pensaban en ella como en una niña, pensaban en ella como en uno de ellos mismos, y todo lo que querían era que Arturo tuviera éxito. El Señor Oniveres pasaba por los alrededores y se quejaba de que: "no puedo lograr que se trabaje en este rancho." Pero él también se divertía con todo eso. Observar a sus nietos progresar durante el verano en técnica, disciplina y la habilidad de llevarse bien, era realmente gratificante.

Pero todavía había el problema de que ni la madre ni el padre sabían nada de lo que estaba ocurriendo. Ellos habían decidido que fuera así. Las pocas veces que Juan Carlos o su madre se aparecieron, el abuelo enviaba una señal preestablecida, así Ilaria era excusada de las prácticas hasta que seguro. Los padres de Ilaria estaban acostumbrados a verla sucia, arañada y con moretones, así que no sospechaban al verla de esa manera. Además de que Arturo e Ilaria estaban cerca otra vez, las actividades de ese verano ayudaron en otra relación. El padre de Ilaria y el abuelo habían comenzado a hablar más a menudo. Y en la medida en que el verano avanzaba, tuvieron más que pláticas triviales que compartir, cuando su conversación se centraba en los progresos de Arturo en vez de en algún otro problema familiar.

CAPITULO 10

Finalmente llegó el tiempo por el que todos habían trabajado durante el verano. Dentro de una semana se dirigirían a San Pedro, al festival para futuros toreros. Este evento anual daba la oportunidad a los nuevos talentos en el toreo de impresionar y establecer contacto con matadores regionales y sus equipos. El abuelo Oniveres había suplido toros para el evento por años y también aprovechaba la ocasión para establecer contacto con compradores para sus toros. Era un importante evento en la región, que abarcaba pueblos en muchas millas a la redonda. El rancho zumbaba con los preparativos y la excitación del gran evento del sábado. El abuelo no se veía tan relajado como de costumbre. Mauricio y Arturo estaban también estresados mientras intentaban pulir la técnica de Arturo. Ilaria se sentía emocionada, pero también sentía un vacío que no podía entender.

"¿Estás contento por el sábado?" preguntó Ilaria a Arturo.

"Sí. Sí. Con todo lo que he aprendido me siento un hombre nuevo. ¿Te alegras por mi Ilaria?"

"Por supuesto. Estoy muy orgullosa de ti Arturo. Y honrada de haber estado a tu lado en tu entrenamiento."

Arturo miró a su hermana como si no la conociera, mientras absorbía lo que le estaba diciendo. No recordaba a Ilaria hablándole con tanto respeto.

"Gracias Ilaria, ¿realmente es lo que sientes?"
"Sí Arturo. Estoy muy ansiosa de ver las miradas mientras observan tu ejecución." Y después de una breve pausa, ella sonrió y añadió. "Especialmente la reacción de Rafeal."

Eso hizo a Arturo sonreír también, visualizó al público reconociéndolo a él con un coro de 'olés.' "Si, eso sería muy bueno para nosotros dos." Se acercó a Ilaria y la atrajo entre sus brazos, muy apretada contra su pecho.

Las emociones de Ilaria se esparcieron por su cuerpo al realizar cuán bien se sentía al estar así de cerca con su hermano. Recordaba lo inseparables que fueron cuando eran niños, cómo ella amaba escucharlo, cómo ella amaba hacerlo reír, y cómo ella amaba hasta vestir como él. Ilaria se preguntaba cómo todo había cambiado. Pensó en su padre, pero tan pronto como su imagen entró en su cerebro, la sacó de ahí. Retiró su cabeza del hombro de Arturo, volvió sus ojos a él y levantó su mano para tocar la sonriente faz. Los ojos de ambos se llenaron de lágrimas mientras cada uno miraba a la persona que en su vida podía ser llamada hermano y hermana. Por la primera vez, como adultos, se sintieron amigos.

Ilaria y Arturo rompieron el abrazo y él miró a su hermana reprimir sus emociones, calmarse y presentarse de nuevo en su propio ser. Arturo hizo la pregunta que no se atrevió a hacer durante todo el largo verano. "¿Tú desearías poder estar en la arena el día de hoy?"

Ilaria miró hacia el suelo y movió sus pie un poco. "Nunca pensé que lo haría Arturo. Siempre vi las corridas como una cosa de hombres. Pero ahora con todo lo que he aprendido de la historia, del arte del toreo, tengo un nuevo respeto por lo que tú estás persiguiendo como una profesión."

"¿Pero tú quisieras poder estar en la arena, Ilaria?" presionó Arturo.

"Es claro que eso no es posible," respondió ella: "pero honestamente, quisiera. Siempre disfruté las sensación de propósito de este verano, y ver tus habilidades crecer ha sido gratificante, pero por alguna razón siento como que estoy renunciando antes de siquiera iniciar. Tal vez sólo una vez quisiera saber qué se siente tener un toro de verdad frente a mi en una plaza de toro, con gente de verdad viéndome. Supongo que me gustaría saber si tendría el valor de permanecer ahí con gracia y con honor, y ejecutar las técnicas que hemos aprendido. Y supongo me gustaría mostrar a todos los que se interesan, que puedo hacerlo, aún siendo una mujer."

"Lo siento," dijo Arturo suavemente mientras trataba de imaginar lo que su gemela podría estar sintiendo.

"¿Será que es así como toda mi vida va a ser? Siempre he sentido que cada vez que me intereso en algo, no sólo no estoy supuesta a hacerlo porque no soy hombre, si no que el querer hacerlo me convierte en una mala mujer."

Arturo se acercó a ella y la atrajo hacia sus brazos. La mantuvo apretadamente y susurró, "No es justo. A mi también me gustaría ver cómo lo harías. Me gustaría ver todas las caras de los hombres y las mujeres al verte ejecutar igual o mejor que nosotros los hombres."

Ilaria se apartó de Arturo nuevamente y le dirigió una de esas miradas intensas, ahora suavizada por el brillo en sus ojos acuosos. "Yo estaré contigo Arturo." Para enfatizar esto, lo repitió mientras apuntaba su dedo índice derecho hacia el corazón de Arturo. "Yo estaré contigo, Arturo. Tendrás que torear por nosotros dos."

Esa tarde mientras Arturo y Mauricio estaban leyendo en la cama, Arturo miró al maestro, a quien había aprendido a respetar y admirar. "¿Mauricio, no hay alguna forma en la que Ilaria pudiera torear con nosotros el sábado?"

Mauricio volvió sus ojos al discípulo, indeciso de cómo responder a esa extraña pregunta. "La gente no pensaría que es apropiado para una mujer estar en la arena. Simplemente no es la forma en que las cosas se han hecho, Arturo. Los mexicanos no están listos para un asalto de esa naturaleza al tradicional mundo masculino, al menos no todavía. Quizás nunca."

"Pero ella trabajó tan duro." Replicó Arturo. "Es que no es justo."

"Tal vez algún día en la Ciudad de México, o quizás en Tijuana con toda su influencia gringa. Pero aquí en las provincias, bueno…" la frase se perdió sin ser terminada. "Si. Yo también gustaría de ver cómo lo haría. Tu hermana tiene una gracia increíble, y como tú sabes una determinación de toro. Yo quisiera que lo pudiéramos hacer Arturo; yo realmente quisiera que lo pudiéramos hacer."

Después de otra pausa, Mauricio continuó: "También tengo curiosidad por ver si el toro podría sentir la diferencia si el torero fuera una mujer. Nuestros toros de práctica han estado demasiado expuestos como para tener una discernible capacidad de sentir la diferencia. Pero toros criados y entrenados para la lucha son increíblemente sensitivos. Saben que están en la lucha por sus vidas. Eso los pone en gran alerta, y se ha sabido de animales reaccionando diferentemente a hombres y mujeres."

"¿Y si la disfrazamos de algún modo?"

"¿Quieres decir hacerla lucir como hombre?"

"Si, no sería muy difícil en un traje de Matador," Arturo hizo una pausa. "¿Qué piensas?"

"Pienso que es una locura," dijo Mauricio. "Sin embargo nunca he tenido miedo de hacer cosas un poco locas. Pero seguramente tu hermana no quisiera hacerlo, ¿no crees?"

"Hoy me dijo que lo haría, y realmente lo pensaba. Le

gustaría hacerlo aunque fuera una sola vez. Una sola vez, sólo para su propia satisfacción."

"Bueno," dijo Mauricio: "vamos a dormir y en la mañana podremos hablar con Ilaria y tu abuelo. Tal vez hay una forma, sólo por esta vez."

CAPITULO 11

Al amanecer, cuando los peones del rancho habían abandonado la mesa después de desayunar, Arturo, audazmente trajo el tema a la conversación.

"Abuelo."

"Sí Arturo," respondió el señor Oniveres mientras se preparaba un bocado de huevos rancheros.

"Mauricio y yo estuvimos discutiendo anoche lo grandioso que sería ver a Ilaria en el ruedo con un verdadero toro de lidia en una arena real," dijo Arturo con sus bien escogidas palabras. Mauricio levantó la vista de su plato con los ojos muy abiertos y miró a Arturo y al señor Oniveres alternativamente con mucho nerviosismo. Los ojos de Ilaria se agrandaron aún más mientras miraba a su hermano, con gran sorpresa.

"Sí, Arturo," replicó el abuelo, quien todavía no le estaba dando su atención completa a Arturo, mientras saboreaba sus huevos acompañados con café.

Entonces Arturo fue directamente al punto de confrontación. "Así que nosotros pensamos en vestir a Ilaria como un hombre. Así ella podría lidiar el sábado."

Su alarmado abuelo ahora le miró directamente y preguntó "¿Qué te escuché decir?"

"Bueno," tartamudeó Arturo por un momento mientras recobraba su ensayada confianza: "sabemos que la gente puede reaccionar extrañamente frente a una mujer torera, así que pensamos vestirla como hombre, sólo por esta vez, para que ella pueda experimentar la oportunidad de su vida."

La boca de Ilaria se abrió con la sorprendente idea de su hermano, pero en su interior sintió hervir el entusiasmo.

El señor Oniveres miró a su nieto con asombro antes de volver su mirada hacia Mauricio y preguntar: "¿estás tú de acuerdo con esta idea loca?"

Mauricio definió su posición diciendo: "sé que es una idea imposible, pero yo también quisiera que Ilaria tuviera una oportunidad de lidiar."

El abuelo volvió sus ojos hacia los de Ilaria. "¿Y tú, qué tienes que decir acerca de esto?"

El creciente entusiasmo de Ilaria ya había tomado posesión de su mente y de su cuerpo, porque nadie había dicho que no todavía. "Pienso que es brillante, y sé que lo podemos hacer." Ella sintió su confianza de toro agitarse en ella.

Los pensamientos que giraban en la cabeza del señor Oniveres, conmovieron su raramente conmovida compostura. Por un lado, ésta era la más ridícula idea que había escuchado. Por el otro, a él no le importaban mucho las tradiciones influenciadas por la testosterona, y encontraba prácticamente imposible decirle no a su nieta. "No, no, esto es muy loco," decidió el abuelo. "No sólo tengo miedo de la reacción de los otros, sino que también estoy preocupado por tu seguridad Ilaria."

Este comentario estableció distancia entre el pensamiento del abuelo y el de su hermano, lo que encendió a Ilaria aún más. "¡Qué bien! ¿Así que tú no estás preocupado por la seguridad de Arturo pero si por la mía porque piensas que no soy suficientemente buena? ¿Porque soy una mujer?"

"Yo no dije eso," respondió rápidamente el abuelo, ahora claramente agitado. Trató de controlarse y comenzar de nuevo, en un intento de asegurar a su nieta su confianza en ella y dilucidar el problema de esa propuesta. Respiró profundamente y escogió sus palabras muy cuidadosamente. "Ilaria, yo tengo la mayor confianza en tí. En efecto, en un momento dado estoy seguro que podrías hacerlo aún mejor que cualquiera de los muchachos que van a participar el sábado. Pero ellos y tu hermano se han estado preparando para ese día por largo tiempo. Algunos de ellos han estado preparándose desde su pubertad. Sí, es peligroso, pero ellos lo han escogido como su profesión, y ese peligro es un riesgo calculado para lograr sus metas profesionales. Más allá de eso, Ilaria, los mexicanos no están preparados para algo como esto. Está demasiado cerca del corazón de las creencias populares. Tú no juegas con sentimientos manejados por la religión o la testosterona. Es muy riesgoso. Es muy peligroso." Ilaria comenzó a protestar, pero él la silenció con un pensamiento que nadie había tenido en cuenta. "¿Y cómo crees que tu padre reaccionaría?"

Ella decidió ignorar la pregunta y argumentó: "pero Abuelo, yo puedo hacerlo. Me has visto. Tú sabes que puedo hacerlo. Sólo quiero una oportunidad, una oportunidad de comprobar que yo puedo hacerlo."

"¡Oh! Ilaria, esto es diferente, la gente no lo entendería. No, no, es muy peligroso. ¿Y si se descubriera que estuvimos tratando de burlarnos de todo el mundo?" Viendo la estrujada mirada de Ilaria, agregó: "yo sé, yo sé. Pienso que es incivilizado e irrazonable también, pero es peligroso jugar con las creencias básicas de la gente. ¿Ilaria, puedes entender eso?"
Las emociones de Ilaria, especialmente después de la mención de su padre fueron demasiado para ella. Súbitamente saltó y salió corriendo del cuarto y de la casa. Esto dejó a Mauricio sintiéndose mal por ser hombre, a Arturo desesperanzado por no ser capaz de ayudar a su hermana, y al abuelo adolorido porque sabía qué tan a menudo ella había huido del dolor causado por su hijo, el

padre de ella. Lo que más le dolía por dentro era que, cuando ella huía de su padre, siempre venía a su abuelo. ¿Adonde podría ir ahora?

Arturo encontró a Ilaria en el corral con los toros. Entre el desayuno y los corrales, Arturo había tenido una idea que deseaba compartir con su hermana. La estudió mientras se aproximaba, buscando algún signo de cómo se estaba sintiendo. Parecía haber encontrado paz mental, porque se veía tranquila, apoyada en las viejas barandas, y llamando un cercano grupo de toros, con gratos sonidos y besos gentiles.

Una sonrisa se asomó a su rostro. "Gracias por tratar de convencer a Mauricio y al abuelo de que me dejaran participar, eso fue realmente bueno."

"Yo no he renunciado todavía," respondió Arturo.

"Yo sé que es imposible," dijo Ilaria, con un eco de resolución en su voz. "Pero el hecho de que tú hayas tratado de convencerlos es realmente especial para mi." Se volvió hacia su hermano, le miró profundamente a los ojos, y susurró: "es posiblemente la cosa más amable que alguien haya hecho por mi."

Arturo se detuvo en el pensamiento de las profundas y tibias expresiones, pero rápidamente volvió a lo que tenía en mente. "Ilaria, no renuncies todavía. Yo tengo un plan."

¿Qué quieres decir? Preguntó Ilaria. "Escuchaste al abuelo, y aún si nosotros lo convencemos a él y a Mauricio, está el problema de papá."

"Exactamente," replicó Arturo. "Necesitaríamos trabajar con todos ellos. Mi idea es un poco riesgosa, ¿pero qué no lo es cuando hablamos de papá?"

Ilaria miró a su hermano y puesto que ya había decidido que lo planeado era imposible, de todos modos pudo regocijarse en la excitación y el esfuerzo que él hacía tratando de que las cosas sucedieran a su favor.

"Escucha, si nos vestimos en traje completo de matador, y de algún modo alteramos tu apariencia lo suficiente como para engañar a papá en frente del abuelo, bueno, eso sería suficiente para convencerlo; y si podemos engañar a papá," hizo un pausa y respiró: "él no necesita nunca saber que eras tú." Arturo observó a Ilaria, quien ya estaba realmente pensando en lo que él había dicho, y continuó: "Mauricio me dijo que quería que yo vistiera de matador al menos para una práctica antes del sábado, ¿así que por qué no hoy?"

"¿Porqué hoy?" Preguntó Ilaria.

"Por que yo se que papá viene al rancho esta tarde."

Ilaria permaneció en silencio, tratando de asimilar el plan de Arturo. En su mente luchaban pensamientos de emoción y miedo. Miedo a la ira de su padre, contra la excitación de convencer al abuelo mediante una buena ejecución capaz de engañar a su padre, un matador retirado. Se deslizó de la baranda y puso sus pies fuertemente en el suelo, sus manos sobre las caderas y se estiró inclinándose hacia atrás y exagerando el arco de su espalda.

"¿Tú realmente piensas que podemos hacerlo?"

Arturo estudió la apretada faz de ella que reflejaba su ansiedad. "Honestamente, no sé, pero si no lo intentamos, seguramente nunca volverás a tener la oportunidad. Podemos realmente enojar a papá pero de la manera en que yo lo veo," continuó Arturo con una risita: "de todos modos tú siempre lo estás haciendo enojar."

Esta observación hizo sonreír a Ilaria también. Volvió su mirada al cielo y pidió en una juvenil oración: "Dios mío, no dejes que esto se convierta en un desastre." Entonces se volvió hacia Arturo y exigió: "bueno, esta es tu idea, ¿qué hacemos ahora?"

Arturo encendió las luces del cuarto donde su abuelo guardaba su colección de toreo. Ambos quedaron deslumbrados por todos los colores y el brillo de las lentejuelas que decoran los trajes de Matador. En todo el tiempo que Ilaria había pasado en el rancho del abuelo, nunca había estado en ese cuarto, un cuarto que era un homenaje a la hombría. La pared enfrente de ellos tenía unos veinte pies de longitud. De un lado al otro colgaban trajes de Matador, conocidos como Trajes de Luz. Mirando esos coloridos trajes, Ilaria sintió de la misma manera que una niña sentiría frente a una piñata, viendo su belleza y la celebración de sus sueños. Muchos de esos trajes habían sido lucidos por toreros famosos; el padre de ambos usó muchos de ellos. Arturo se plantó frente a un traje combinado de dorado y azul marino. "Yo siempre había puesto mis ojos en este."

Ilaria comenzó a caminar muy lentamente, comenzando por la izquierda del cuarto, deteniéndose en cada traje y juguetonamente pasando sus dedos por las variadas lentejuelas. Habían decidido vestirse y lanzar su plan a Mauricio. Arturo, quien ya había sido testigo de la forma de vestir de un Matador, sabía que el primer reto sería ponerse los estrechos pantalones ellos sólos. Esto, comúnmente, necesitaba la ayuda de por lo menos dos asistentes y una toalla enrollada. Para Ilaria fue una excitante distracción del temor de tratar de engañar a su padre. Deslizó sus dedos por los elegantes botones y las costuras. Con mucha reverencia continuó tocando los espectaculares colores y las cambiantes texturas, como si estuviera tocando con gentileza una variedad de delicadas flores del campo, deslumbrándola con la chispa de los rayos de sol cayendo sobre el rocío matinal. Sintió la presencia del miedo, del dolor y la gloria. Sus respetuosos dedos encontraron un hoyo en un traje de color mayormente dorado que se encontraba en el medio del cuarto. Cuidadosamente separó los bordes de la desgarradura, examinando el daño.

"Sí, eso fue hecho por los cuernos de un toro," dijo Arturo.

"Con ese traje puesto murió Catarón. Si lo miras de cerca, todavía puedes ver las manchas oscuras de la sangre."

Ilaria retiró las manos del traje para sentir seguridad. Con sorpresa sintió las lágrimas brotar de sus ojos, mientras imaginaba el momento de terror que ese hombre habrá sentido cuando su cuerpo era perforado por el mortal cuerno de su oponente.

"Lo limpiaron, pero no pudieron quitarle todas las manchas" añadió Arturo con emoción. "Claro que, por respeto, no fue usado nunca más." Arturo no quiso decirle a su hermana que ningún aspirante a torero osaría siquiera tocar un "traje de la muerte."
Mientras Ilaria continuaba con su exploración, Arturo tomó su atuendo y juguetonamente lo comparaba con su propio tamaño. Ilaria se detuvo frente a un traje predominantemente rojo y rápidamente decidió que ella definitivamente no se sentía tan atrevida como para usar rojo. Arturo le dijo: "mira el verde, pienso que es el más pequeño." Ella rápidamente lo encontró. Mientras se aproximaba al traje, su cerebro inmediatamente pensó acerca del verde en sus ilusionados ojos y en cómo éste debía ser su destino. El sastre se había esmerado en su diseño. La mayoría de los trajes de matador siguen unas líneas exactas, enfatizando la fuerza de los hombros y la construcción del torso del hombre. Usualmente los hombros eran de un color y el torso de un color complementario. Aquí, el traje todo tenía diferentes tonos de verde, cambiando suavemente del más claro al más oscuro, en un

fluido movimiento circular. Ilaria Inmediatamente supo que tenía que hacer algunos arreglos para poderlo usar.

Le dijo a Arturo, "ya regreso." Retornó con una aguja e hilo, más algunos vendajes que usaban los peones del rancho. Encontró a Arturo con los pantalones atorados a media pierna. Se inclinó y le ayudó a entrar en ellos poco a poco. Entonces se sentó cerca de él y comenzó a quitarse los pantalones. Notando los ojos de él dirigiéndoos al centro de su cuerpo suavemente le reconvino.

"No mires Arturo."

"Hay algo malo en tu ropa interior rosada," advirtió con una gran sonrisa.
"Lo siento mucho respondió ella sarcásticamente, por alguna razón, cuando me la puse esta mañana, no estaba planeando vestirme como un hombre."

Se deslizó dentro de los pantalones sin problemas, pero no logró llenarlos por completo. "Son pesados," exclamó. Se sentó en una banca sin brazos en el centro del cuarto y pidió a su hermano que volteara su cabeza, mientras se quitaba la blusa y el sostén. Comenzó a enrollar el vendaje elástico alrededor de sus pechos, pero muy pronto tuvo que pedir ayuda a Arturo. El continuó envolviéndola en los vendajes y su femienidad fue disminuyendo. Después de reprender un par de veces a Arturo por apretar demasiado, se sintió incomoda, pero logró verse mas asexual. El colocó la parte superior del traje por encima de su cabeza y la deslizó hacia abajo. "Dios mío, esto es rígido y pesado también," se quejó Ilaria.

"Ven, dame tu mano," pidió Arturo. Cuando él la atrajo hacia sí, ella pasó por su lado sin poderse detener. El peso de su nuevo uniforme la hizo tambalear y la lanzó al suelo. Ambos empezaron a reír incontrolablemente, mientras el peso de los trajes les quitaba el peso de la tarea a cumplir.

Ella tiró de su pelo fuertemente hacia atrás para formar un moño que cupiera debajo de la montera. Afortunadamente para la situación, había toreros con el pelo largo. Después de algunas alteraciones en la ropa, ambos se sintieron relativamente cómodos. Ella se sentó frente al espejo y se puso a trabajar sobre su femenino rostro con un delineador negro. La idea inicial era pintarse cejas gruesas, lo que la transformó de manera asombrosa. Añadió remedos de patillas. Ambos miraron al espejo y no lo podían creer. Era increíble lo diferente que Ilaria lucía. Arturo puso la montera sobre la cabeza de ella. Ilaria desechó la idea de un bigote al estilo Earl Flynn o Clark Gable, por ser muy exagerado.

"Arturo, pásame un poco de tierra," ordenó en un tono de voz bajo, muy varonil.

Él obedeció con una sonrisita, y ella procedió a darse los últimos toques frotando sus mejillas y frente con la tierra, removiendo así su brillante y aniñado cutis, reemplazándolo con un acabado mate, mas característico de los hombres.

También decidieron que una toalla alrededor de su cintura disminuiría sus caderas femeninas y rieron cuando, estratégicamente colocaron un calcetín sobre sus genitales.

"Mauricio" llamó Arturo a espaldas del maestro quien estaba trabajando en los estribos de su caballo. "Me gustaría presentarte a mi amigo." Arturo dudó mientras Mauricio empezó a girarse hacia su alumno, y entonces, rápidamente inventó un nombre para Ilaria: "mi amigo Seve." Mauricio sonrió viéndolos vestidos de matador, y empezó a estirar su mano en saludo, cuando la realidad comenzó a entrar en su cerebro. Su rostro enrojeció, sus cejas se alzaron y su boca se abrió. "Dios mío. Dios mío, no puedo creerlo." Puso sus dos manos sobre los hombros de Ilaria y la miró. "Dios mío," repetía, como si no se le ocurriera otra cosa que decir. Finalmente apartó su mirada y sus manos de Ilaria y lentamente caminó alrededor de ella. Sin palabras, les dio la espalda y comenzó a alejarse. Ilaria y Arturo se miraban el uno al otro y a Mauricio nerviosamente. Finalmente el maestro se detuvo cerca de la barda del ruedo del rancho, a unos treinta pies de distancia. Tomó el capote de Ilaria que estaba encima de la barda, caminó de regreso, y se lo entregó. Comenzó a dar órdenes para que desarrollara varios movimientos de capote. Ella, sin pensarlo, reaccionó inmediatamente debido a su buen entrenamiento. Por primera vez en su vida, sintió la sensación de ser una atleta bien entrenada, ejecutando en uniforme. Arturo permaneció congelado, como un poste de la barda, pues no podía creer que estaba viendo a su hermana. Mauricio también tenía una diferente percepción de ella. Por primera vez él veía a Ilaria como uno de sus bien entrenados estudiantes, y no como una mujer.

"Olé y Bravo. Verdaderamente un trabajo sorprendente el de ustedes dos," exclamó Mauricio. "¿Cuál es el plan después de esto?" Arturo explicó a Mauricio, quien accedió, que iba a ser un actor neutral a fin de darles oportunidad de ejecutar el siguiente paso de su engaño. Ilaria repetía constantemente "Seve" como tratando de decidir si le gustaba. Mauricio se volvió hacia ella y aconsejó: "Yo me afeitaría esos delicados vellos femeninos de tu nuca."

Arturo logró convencer a Mauricio de que invitara a su padre y al abuelo al ruedo del rancho para que los vieran a él y a "Seve," otro estudiante promisorio.
Mauricio arregló con Noé, el capataz del rancho, traer al ruedo el mejor toro de práctica, "Paradoja." El señor Oniveres dio a los peones algún tiempo libre para que se unieran a Juan Carlos y a él mismo en el ruedo para disfrutar de la ejecución de los aspirantes a matador en completo traje del oficio.

Mauricio decidió que era mejor vestirse más de acuerdo con la situación a fin de darle el carácter de una seria preparación para el gran evento del sábado. Se afeitó y se puso el traje que siempre usaba para ocasiones como esta. Estaba diseñado como el de un matador pero sin las lentejuelas. Esto le daba un aspecto de profesionalismo, pero también lo diferenciaba del brillo con que lucían los matadores.

Los tres entraron al ruedo y desfilaron alrededor, de la forma tradicional de los matadores, incluyendo saludos con la mano. Mauricio decidió que el protocolo correcto a seguir sería el llamado "visitante" primero. Así que miró a Ilaria y simplemente dijo: "Comienza con algunos naturales, después muestra algunos mandos. Recuerda, cabeza en alto y piensa en el balance, balance." El primer set para Ilaria y Arturo fue un poco deslucido, ya que sus nervios estaban tensos debido a la falta de costumbre de torear en traje de luces. Pero ambos respondieron grandemente en el segundo set, y Mauricio notó un genuino entusiasmo en los olés del público. Ellos fingieron poner las banderillas, con mucho éxito, mostrado por la excitación de los peones y la familia. Todos estaban hablando acerca de la fuerza de Arturo, del firme juego de los pies, y de cuánto se habían incrementado sus habilidades. Con respecto a Seve, la conversación se centraba en su gracia y el flujo de sus movimientos. El abuelo supo inmediatamente que Seve era Ilaria. No por lo que veía, ya que sus ojos envejecidos ya no eran tan precisos como antes. La sintió, igual como cuando la siente al entrar en un cuarto. Se removía en el asiento y permaneció en constante jugueteo nervioso con sus dedos.

Juan Carlos permaneció en su usual estoicismo. No mostró emoción mientras estudiaba las ejecuciones, pero sus ojos y su mente estaban muy ocupados. Preguntó a su padre donde estaba Ilaria, y el abuelo simplemente respondió "no sabría decirte."

Los alumnos se aproximaron a la audiencia, se miraron uno al otro, y se inclinaron al unísono ante un gran número de olés.

Arturo miró a Ilaria y dijo. "Vamos. Es tiempo de acercarnos." Ella tomó un profundo respiro y siguió a Arturo hasta la barda que separaba el ruedo de los peones. El público estaba ahora de pie y disfrutando el momento como si de uno de sus propios hijos se tratara.

Arturo solicitó de su padre una crítica completa, quien entonces se giró hacia Mauricio y lo felicitó por el trabajo realizado y añadió un par de cosas en las que él y Arturo deberían concentrarse en los días anteriores al sábado. Ilaria permaneció silenciosa, moviendo sus ojos nerviosamente entre su padre y los peones. Deliberadamente evitaba ver al abuelo. Mauricio, después de reconocer que las sugerencias de Juan Carlos para Arturo eran acertadas, no pudo aguantarse más y le preguntó: "¿qué piensas de la técnica y habilidades de nuestra otra promesa del toreo?"

Juan Carlos volvió su atención a Ilaria, quien pensó que iba a mojar sus pantalones cuando su padre la miró. "No está mal, tienes un interesante estilo. Pero es mejor que pongas algunos músculos en ese esqueleto si quieres triunfar en esta exigente profesión." Con esto, giró y comenzó a alejarse. Juan Carlos añadió: "salgo para Mazatlán mañana. Los dejo libres para que se sienten en los alrededores a conversar."

La cara sin expresión de Ilaria comenzó a cambiar. Su sonrisa se amplió y el calorcito del triunfo danzaba en su piel, nadaba en su corazón y viajaba en su torrente sanguíneo. ¡Requirió todo su empeño para no saltar de arriba a abajo gritando de regocijo! Uno por uno los peones que había conocido de toda su vida vinieron hacia ella. La felicitaron por su ejecución y le dieron una palmada en la espalda o un puñetazo en el hombro. Ninguno dio indicación de tener idea de su verdadera identidad. Todos dieron a Arturo más detallados elogios; al matador que ellos sabían era parte de su familia extendida. Ilaria sorprendió a Arturo mirándola con una gran sonrisa en el rostro. Ella retornó la sonrisa con un guiño de los ojos. Después de mandar a los peones de regreso al trabajo, el abuelo se acercó con una gran sonrisa también, y tal vez un asomo de lágrimas en sus ojos, y dijo: "Supongo que mejor dejo que ese misterioso Seve entre al gran espectáculo del sábado."

CAPITULO 12

Arturo, Mauricio y 'Seve' se reunieron para la inspección de los toros en los chiqueros. Habría en total diez toros y veinticinco aspirantes a matador. Los jóvenes toreros habían sido separados en cinco grupos de cinco. Esto significaba dos toros por cada grupo de cinco toreros. A cada uno le fue, aleatoriamente, asignado un número del uno al cinco. El número uno comenzó con el toro número uno, quien luego se lo paso al número dos. Luego invertían el orden con el segundo toro. La secuencia seguía más o menos la de una corrida normal. Había cinco matadores tomando turnos. El trabajo de picadores y banderilleros fue ejecutado por toreros profesionales de mayor edad. Los jóvenes ejecutaron todo el trabajo de capote. Cuando fue determinado por el juez del ruedo que el toro estaba listo para el tercio de la muerte, el público votó cuál matador se había ganado el derecho de matar al toro. Cada uno de ellos fue traído al centro del ruedo donde se inclinaron y aceptaron los aplausos como votos. Quien recibía la más grande ovación, tenía el honor de matar.

Mauricio les había dado a Arturo y a Seve un recorrido de los toros. Describió el linaje de cada uno y las tendencias de cada crianza. Ambos hermanos estaban en el mismo grupo, lo que los hizo muy felices. Afortunadamente Rafeal no quedó con ellos, y hasta el momento lo habían evadido con éxito. Mauricio pidió a Arturo mirar al gran toro negro de los Ramírez que ambos estarían enfrentando y que describiera lo que veía y lo que podía esperar de él. Arturo notó su tamaño más que todo, que incluía el tamaño de los cuernos. Era más grande que cualquiera de los que ellos habían trabajado y Mauricio les dio instrucciones de cómo trabajar un animal de esa envergadura. Pidió lo mismo a Ilaria quien pareció no escuchar. Ella permaneció en silencio, sus brazos doblados sobre el poste superior del corral y su barbilla apoyada sobre sus manos entrelazadas. Su mirada fija en los ojos del toro. No movió ni un músculo cuando Mauricio repitió la pregunta. Después de una pausa, Ilaria preguntó, "¿cuál es su nombre?"

Mauricio consultó sus notas y contestó 'Bolero'.

'Bolero' repitió ella.

"Creo que es el nombre de alguna música clásica italiana," añadió Mauricio.

"Ya veo," dijo Ilaria: "le sienta muy bien."

"¿Porque?" Preguntó Arturo.

"Él es como música clásica. Tiene mucha personalidad. Nos va a dar mucho trabajo."

¿Porque?" Inquirió Mauricio.

"Porque él no se entiende ni a sí mismo, menos que nos ayude a saber cuáles serán sus reacciones. Pero de seguro es un grande y bello bruto."

Arturo le dio a Ilaria una mirada que significaba: "¿de qué diablos estás hablando?" Mauricio, ya acostumbrado a la especial percepción de ella continuó. "Sí, cuando tienes un toro cuyas reacciones son inconsistentes, debes mostrar paciencia, paciencia y más paciencia."

El primer toro que enfrentarían era uno de la ganadería de los Velásquez, de mediano tamaño. Mauricio señaló sus largas extremidades y discutió los pros y los contras de su paso seguro pero relativamente lento. "Este es más de mi tamaño," dijo Arturo. "Puedo verlo a él y a mi ejecutando perfectos naturales y dándome sonoros 'olés'."

"Esa es una buena visualización Arturo," comentó

Mauricio, "Pero olvídate de los 'olés' y concéntrate en el toro. Es grandioso querer sentir al toro moverse a tu voluntad, pero siempre deja una parte de tu subconsciente mirando al toro como si estuviera pasando frente a ti por la primera vez."

Arturo siguió los ojos de Mauricio cuando miraba a Ilaria. Ella, sintiendo sus miradas inquisitivas, compartió sus pensamientos. "Ese toro está muerto por dentro. Ya ha sido quebrantado, no fue criado exitosamente para sentir ira. ¿Cuál es su nombre?"

"Dios Negro," contestó Mauricio.

"Bonito nombre, pero es una mentira," dijo Ilaria. "Probablemente nació con poco coraje y las técnicas de sus criadores erosionaron aún más su espíritu. El abuelo lo hubiera sacrificado para sacarlo de sus miserias y evitar que comparta esas miserias con los toreros y los aficionados."

Mauricio, recogiendo la interpretación de Ilaria añadió: "desafortunadamente Arturo, no es el único toro como este que verás en tu carrera. Pero manejando estos toros de menor valía es tan importante como manejar uno verdaderamente valiente. Si un toro no responde en general, tú debes trabajar duro para evitar el espacio muerto. Quiero decir que es importante mantenerlo en movimiento o se detendrá y no responderá más. Mantenlo en el centro del ruedo lo más que puedas. Un toro quebrantado buscará la esquina, su querencia, y puesto que no hay esquina en el ruedo, cualquier parte cerca de la barda será su preferencia."

Ilaria añadió: "las buenas noticias son que no lo veo haciendo muchos movimientos inesperados. Estas son las buenas noticias. Las malas noticias son que va a ser un reto mantenerlo suficientemente motivado como para que permanezca en movimiento."

"Sí." Mauricio continuó dando detalles de la forma en que enfrentarían a ambos toros hasta que todos estuvieron satisfechos y Mauricio pudo ver el nerviosismo en sus ojos convertirse en confianza y anticipación.

Al abandonar los chiqueros, otro dolor de cabeza de Ilaria venía entrando. Rafeal, como ellos, ya en su traje de matador, andaba buscando los toros que enfrentaría. Los hermanos se miraron cuando lo vieron. Mauricio, que nunca había conocido al ex novio de Ilaria, continuó, ignorando a Rafeal. El muchacho les miró, y al identificar a Arturo sonrió y comenzó a aproximarse. Ilaria disminuyó su paso y trató de poner a Mauricio entre ella y Rafeal. "Hola Arturo, ¿cómo estás amigo?" preguntó Rafeal. Después de poner una mano sobre el hombro de Arturo mientras le saludaba con la otra, Rafeal ofreció su mano en saludo a Mauricio. "Hola, mi nombre es Rafeal. He escuchado cosas sorprendentes de usted."

Ilaria aprovechó el momento para rápidamente alejarse. El muchacho estaba enfocado en impresionar al renombrado maestro, y no la notó. Pero después de dar a Mauricio un fuerte apretón de manos con un buen contacto visual, algo le hizo girar hacia la muchacha mientras se alejaba del área de observación. Una mirada de extrañeza se mostró en su rostro mientras buscaba en su memoria un recuerdo que le dijera quién podría ser aquella figura que le resultaba tan familiar. Arturo levantó el volumen de su voz, atrayendo la atención de Rafeal de nuevo a la conversación. Hasta entonces Mauricio entendió quién era Rafeal y por qué Ilaria había desaparecido tan rápidamente. Arturo estaba complacido con su estrategia de distracción, pero tenía la sensación de que ese desafío todavía no estaba resuelto.

CAPITULO 13

El "Toro Seca, Toreo de Jóvenes" comenzó a las once de la mañana y finalizó hasta que el sol casi se había puesto, creando en alguna forma una atmósfera diferente. Los espectadores venían y se iban durante todo el tiempo. Muchos tenían una conexión particular con un individuo o grupo de individuos, así que planearon su tiempo en la arena de acuerdo con las apariciones de ellos. El ruedo estaba rodeado por lo que parecía un mercado callejero. Palcos para 'Personas Muy Importantes' estaban cubiertos por techos de plásticos muy coloridos. Todos los diferentes negocios y asociaciones mexicanas de toreo estaban representados aquí, incluyendo el rancho Oniveres. Detrás de los mercaderes y Palcos Especiales estaba un círculo de palcos de sol con una buena vista del ruedo y de todos los anuncios de los negocios, bordados encima de los techos plásticos, incluyendo la marca de los Oniveres formada por una gran letra "O" conteniendo las palabras 'Excelencia Solamente'. Las colinas adyacentes y sus alrededores fueron tomadas en la base de el primero que llega es el primero que se sirve. Muchos locales y viajeros llegaron desde el día anterior para marcar su territorio en las colinas que pronto estarían llenas de gente. Las colinas vinieron a ser como pequeños pueblos, con hieleras, comida sobre los asadores y muchos saludos afectuosos. El área entre el ruedo, la barda, los toriles y los puestos era algo más grande aquí, y permaneció ocupada todo el día con las presentaciones y negocios entre gerentes, toreros, entrenadores, rancheros y promotores diversos.

La intensidad del inicio del toreo no tiene igual. No sólo existe la emoción asociada con la competencia de cualquier evento deportivo, sino también la anticipación del peligro y la muerte.

Los organizadores del "Toro Seca, Toreo de Jóvenes," a pesar de lo extenso del evento, trataban de imitar la pompa de una corrida tradicional. Cuando la aguja grande del gran reloj alcanzó las 12, el público empezó a golpear el piso de las graderías con los pies, gritando y animando para que abrieran el toril y dieran inicio al desfile de los esperanzados jóvenes toreros.

Todos se pusieron de pie cuando los participantes desfilaban. Ilaria había, hasta el momento, tenido éxito en conservar cierta distancia entre ella y Rafeal. Se mostraba inquieta y nerviosa no sólo porque estaba preocupada acerca de su identidad oculta, sino que también se encontraba indecisa sobre qué tenía que hacer cuando desfilara alrededor del ruedo. Miró a la multitud e imitó a sus compañeros toreros, saludando con la mano de vez en cuando. A medida que analizaba sus emociones comprendió que su nerviosismo tenía que ver primero con sus disfraz y luego la posibilidad de cometer un error durante el proceso, o antes o después de su toreo. A pesar del peligro, no sentía ansiedad por su ejecución frente al toro. Al contrario. Esperaba ansiosamente que toda esa pompa finalizara y encontrarse frente a los toros. Sintió que los conocía y tenía confianza en que los controlaría.

Antes de que el primer toro fuera soltado, el abuelo trajo a un amigo para que conociera a Arturo y a Seve. "Arturo, este es mi querido y viejo amigo Albus."

Arturo extendió su mano y estrechó la vieja, arrugada pero fuerte mano del un poco descuidado hombre. Era probablemente de la misma edad que el abuelo, pero su desatendido atuendo, el pelo largo y la barba lo hacían lucir mucho mayor. Mientras Arturo saludaba a Albus, Ilaria miró su apariencia general y se preguntó qué su abuelo estaba haciendo con un personaje que lucía tan estragado. Había un gran contraste entre Albus y su abuelo, bien afeitado y manicurado. "Y este es Seve."

Cuando Ilaria estrechaba la mano de Albus, miró sus ojos. La intensidad de la mirada de ese hombre la estremeció.

Sintió que esa mirada la encadenaba y su mente se quedó en blanco por un momento. Retiró sus ojos de los de él, y nerviosamente movió sus pies, retiró su mano que estaba extendida, y la trajo a la seguridad de su costado, tratando de reganar su compostura.

"Este viejo puede no aparentar mucho," añadió el abuelo: "Pero es probablemente el hombre más sabio que yo haya conocido. Si alguna vez tienen preguntas acerca de la filosofía de la vida, este es el hombre al que hay que consultar." Con esto, se alejaron de los nietos y regresaron al área de hospitalidad de los Oniveres.

Ilaria miró a su hermano y preguntó: "¿Viste la intensidad de los ojos de es hombre?"

"No puedo decir que lo miré a los ojos," comentó Arturo: "Pero de seguro le haría mucho bien una limpieza."

"Sentí como si estuviera mirando directamente dentro de mi mente. Hasta me sentí un poco mareada después de mirarlo. ¿Me pregunto cómo él y el abuelo vinieron a ser amigos?"

Ilaria observó a Rafeal y a su grupo desde la seguridad que le proporcionaba la barda de madera. Tuvo que admitir que él se veía grandioso, y la multitud estaba respondiendo a sus suaves movimientos. Ella ya había superado sus resentimientos hacia él. Tanto así que fue capaz de observarlo y absorber sus movimientos con respeto profesional, al menos a la distancia.

Mientras veían a los otros jóvenes torear, Arturo e Ilaria discutían abiertamente todo lo que observaban. Esto ayudó a sus respectivos niveles de confianza. Arturo, que había venido a este evento desde que tenía memoria, explicó muchos de los detalles que estaban presenciando. Ilaria por su parte, había venido pocas veces. Era como alguien que se convirtió en artista tarde en la vida, y que había regresado a su museo favorito. Tal como las pinturas en las paredes del museo tendrían un completamente diferente significado para un aspirante a pintor, los ojos de Ilaria estaban ampliamente abiertos, viendo lo que nunca le había interesado antes. Cuando el primer grupo estaba cerrando sus sets, Mauricio fue a sus estudiantes, puso sus grandes brazos alrededor de ellos en un caluroso abrazo de trío. Fue un poco raro, debido a la rigidez del chaleco del uniforme de matador, pero el afecto fue transferido igualmente. Al separarse, Mauricio puso su gran manota en los hombros de cada uno y aconsejó. "Olvídense del público, mantengan su concentración en el toro. Arturo, lo que es importante hoy es impresionar a los que realmente importan con la limpieza y la gracia de tu técnica, no con tu habilidad de jugar con la multitud. Eso viene después. Ilaria, tú te das el lujo de sólo disfrutar. Pero más que eso, tú puedes hacer a todos los que estamos detrás de ti, sumamente orgullosos, especialmente a tu hermano." Entonces Mauricio retrocedió un par de pasos. "Ustedes saben que tienen una verdadera ventaja sobre los otros. Ustedes pueden en cierta forma trabajar como equipo. Animarse el uno al otro. Tengo una visión que quiero que ustedes compartan. Cada vez que ustedes tomen posición antes de cada pasada del toro, Ilaria, quiero decir Seve, imagina que tú eres Arturo y Arturo imagina que tú eres Seve. Arturo siente la gracia de Seve y Seve la fuerza de Arturo. Imaginen que están en la corte de reyes y reinas. Crean que son de verdad realeza; y eso es lo que son los amos de los toros, ¿entendido?" Ambos respondieron con una sonrisa y un abrazo, y se dirigieron al toro y a la multitud que esperaba.

Una vez en la arena, Ilaria sintió emociones desconocidas. Mientras tomaban posiciones como observadores, sintió que las lágrimas comenzaban a formarse en las esquinas de sus ojos. Comprendía que estaba viviendo un sueño. Estaba desarrollando una tarea en la que se le había permitido autoconfianza e igualdad. Lo que estaba pasando aquí era algo con lo que ella nunca se hubiera atrevido a soñar. Sus esfuerzos estaban a punto de ser evaluados por su gracia, sus habilidades y su coraje. No por su género, no en falsas percepciones. Esto es todo lo que ella hubiera esperado. Es lo que cualquiera hubiera esperado. Un torbellino de emociones giraban dentro de ella. En un intento de reganar control sobre sí misma y volver a concentrarse en la tarea que tenía enfrente, comenzó a golpear su pierna con la palma de la mano derecha. Esta reacción inducida le ayudó a acorralar sus emociones y le permitió a su mente reenfocarse en el tan peligroso trabajo que le esperaba. Cuando llegó el turno de Seve de enfrentar al toro "Dios Negro," alzó sus hombros y cabeza muy alto y caminó hacia el centro de la arena con un paso de princesa que hubiera llenado de orgullo a un rey. Ilaria imaginó ser Arturo mientras respiraba profundamente. Seve sintió la fuerza de Arturo llenar el cuerpo de Ilaria, como el combustible llenando el tanque de un jet. Concentró su mirada en el toro, con quien hizo contacto visual. Ella era la segunda del grupo en enfrentarlo, y todo lo que había pensado de 'Dios Negro' había sido confirmado. El primer aspirante a matador tuvo dificultades manteniéndolo en movimiento y la bestia mostró poca emoción y energía. Ilaria ya conocía a ese toro, y Seve sabía lo que quería hacer con él. Seve comenzó una interminable conversación con su adversario. No permitiría que este toro se aburriera. Muchas de sus palabras no eran en realidad palabras, si no sonidos que más bien parecían provenir de un animal; y era lo más apropiado para el animal enfrente de él. No escuchaba las voces de la muchedumbre. El nerviosismo de ser una mujer en un mundo de hombres había desaparecido. Era sólo Seve y el toro. El animal respondió a su incansable persecución. Arturo y el público empezaron a sintonizarse con el sonsonete y la danza. Tan pronto Seve sintió que el público comenzaba a mostrarse muy excitado y los 'olés' crecían en volumen, Seve vio a los ojos de Arturo y le indicó tomar el control. Arturo sintió el plan de su hermana, y el agradecimiento llenó su corazón, porque supo que Seve lo estaba dejando que brillara con este toro y que consiguiera la aprobación del público para matarlo. Seve sonrió ante la gratitud en la expresión de Arturo y emitió una simple instrucción. "No quites los ojos de él, y sobre todo no pares de hablarle."

El plan de Seve y la habilidad de Arturo en realidad le

aseguraron el tercio de muerte. Y este fue ejecutado muy bien para un novicio, especialmente considerando la falta de práctica en este importante momento del toreo. Mauricio estaba muy complacido con la gracia de Arturo en el trabajo de la muleta, y muy orgulloso de su otra alumna, Ilaria. Aunque a Arturo le tomó dos intentos antes de hundir la espada con éxito, ejecutó todo el tercio de muerte con mucha fluidez y gracia.

La multitud estaba complacida y el abuelo brillaba con orgullo. Estaba igualmente orgulloso de la forma en que Ilaria preparó el toro para su hermano. Este continuaba sorprendido por el sentido natural que ella tenía con estos brutos animales y su habilidad de figurar qué hacer a pesar de haber tenido muy poca exposición a las corridas y lo intrincadas que eran. En la sección de los Oniveres todo era felicitaciones. La celebración fue grande. Las sonrisas fueron muchas y muy amplias. Todos los ojos brillaban de gozo.

El premio final de Arturo vino después que abandonó el ruedo. Junto con el premio por la muerte, vino la oportunidad de dedicar la muerte del toro. Este fue el cumplimiento del sueño de su vida desde que era muy niño y presenció a un matador señalando al público. Él se había sentido maravillado cuando una bella mujer con largo y flotante cabello negro y elegante, largo y también flotante vestido blanco, se levantó y agradeció el honor. El más orgulloso momento en la joven vida de Arturo fue cuando se plantó mayestáticamente y señaló a su novia. Estela respondió, después de la muerte del toro, saliendo de su palco y apretando a Arturo tan fuertemente que casi sacó el aire de sus pulmones. Lo besó en toda la cara y poniendo ambas manos en su cabeza atrajo su oreja hacia sus rojos labios y susurró, "Estoy tan orgullosa de ti Arturo. Esta noche te voy a premiar con todo lo que tengo." Él separó sus cuerpos lo suficiente para mirar en sus refulgentes ojos. Estela simplemente movió su cabeza de arriba a abajo para contestar a sus ojos inquisitivos, "Sí, eso es lo que significa." Arturo sonrió, tratando de ignorar el cosquilleo en sus apretados pantalones, y retornó a su grupo. Ilaria, que había disfrutado toda la escena, se contuvo de abrazarlo como una hermana. En cambio le hizo una profunda reverencia, lo que los dejó a ambos riendo.

"Bien, Ilaria," dijo Mauricio, quien entonces miró a su alrededor para comprobar si nadie lo había escuchado. Aparentemente nadie lo escuchó, así que recomenzó con una voz exagerada. "Bien, Seve." Mauricio tenía ambas manos en los hombros de Seve y le miraba a los ojos. "Arturo ha tenido su momento. Tu padre ya le ha asegurado un trato con Abraham, en Mazatlán. Habiéndosele concedido matar a Dios Negro, no se le permite una segunda muerte. ¿Te gustaría tener ese honor?"

"Sí, mucho," dijo Seve con confianza.

"Está bien. Bolero puede ser un toro peligroso. Yo percibo una inconsistencia en él que los dos ustedes tendrán que manejar. Siendo el penúltimo, con él puede ser ventajoso, especialmente porque Arturo está justo antes que tú."

Seve, lleno de confianza, saltó diciendo: "Tengo un plan. Debemos usar su maldad y su fuerza contra él. Debemos ponerlo furioso y mantenerlo de esa manera. Arturo puede trabajarlo duro, sin descanso, aunque conservando su distancia durante sus pases lo que le frustraría aún más. Entonces yo lo tomo de ahí y elevo su furia al máximo. Voy a confiar en su fuerza para darle un buen espectáculo al público.

Seve miró a Mauricio quien aprobó con el movimiento de su cabeza. Ambos miraron a Arturo quien mostró su aprobación de la misma manera.
Bolero fue todo lo que esperaban. Tiró al suelo a los dos primeros toreros. Fue una gran fortuna que nadie salió seriamente herido. Esto le dio tiempo a Ilaria para estudiar a la inmensa criatura. Seve inició su conversación con la bestia mientras esta buscaba a sus compañeros competidores y le habló ásperamente, incluso escupió a Bolero para ayudar a distraer su atención del joven matador que estaba tratando de cornear. La forma en que Bolero miró a Seve le produjo escalofríos a Ilaria, pero Seve sabía que este toro ya había sentido que su día terminaría con una confrontación con un ser humano. Arturo nuevamente ejecutó maravillosamente y la multitud fue amable en su aprobación de la distancia que mantuvo con toro. A este punto ellos ya tenían un gran respeto por el peligroso animal y la disciplinada y elegante técnica de Arturo fue grandemente apreciada. Los que conocían de toreo podían observar que él estaba preparando el toro para Seve, exactamente como Seve hizo con él.

Seve hizo una reverencia a Arturo cuando éste le indicó tomar control. Este gesto fue muy bien recibido por el público. Seve no desperdició tiempo en elevar el tono de su acoso al toro. De niña Ilaria siempre habló a los toros con un tono ligeramente masculino, diferente a otros tonos que usaba, más femeninos, para hablar a los gatos del pueblo, a los pájaros y gusanos. El primer toro que Seve enfrentó, Dios Negro, le inspiró sonidos más guturales, no humanos. A Bolero, le habló como si estuviera en una pelea dentro de un bar de baja categoría. Algunas de las mamás que se encontraban lo suficientemente cerca como para escuchar retazos de las palabras que salían de la boca de Seve, cubrieron los oídos de los niños más cercanos que pudieran escuchar y empezaron a hablarles para cubrir las palabras de Seve. Algunos hombres que habían estado en peleas de cantina, rieron al sentir que las palabras de ella les recordaban esos sucesos y comenzaron también a participar de esa guerra verbal con chiflidos, recibiendo puñetazos y miradas de desaprobación de sus esposas. Ilaria misma se hubiera sentido avergonzada si hubiera escuchado la tormenta verbal que brotaba de muy dentro de Seve.

Las dos cosas que Seve más quería fueron cumplidas. Había captado la atención del público y Bolero había respondido a sus ataques verbales y a sus limpios pases con una creciente escala de furia. Ilaria, a pesar del entrenamiento, todavía entendía poco de cómo la mayoría de los matadores trabajaban a estos peligrosos animales. Empezó a actuar más y más por instinto, templado por la espiritualidad de Ilaria hacia esas bestias y con su emocional profundidad.

Algo de la disciplina establecida por Mauricio empezó a desaparecer cuando el acoso de Seve alcanzó un nuevo nivel. Tras un peligrosamente cercano pase, propinó una palmada en el trasero del enfurecido toro. El abuelo sintió que su corazón comprimía su estomago al punto que pensó que explotaría. El toro había disminuido velocidad debido a fallas en la técnica de Seve, y su quemante deseo era cornear a esa criatura de sus desdenes. Deteniéndose, Bolero pudo girar su cabeza rápidamente hacia Seve que se encontraba fuera de balance y le pareció, no solo al toro, si no a todos los demás, que podía perforar el cuerpo con sus cuernos. Seve se dejó caer al suelo y lanzó con el pie una gran nube del seco polvo mexicano en los ojos del sorprendido toro, luego rodó para colocarse fuera de peligro mientras sus compañeros se movían para distraer aún más al confundido y furioso toro. Arturo y otros de su grupo tuvieron que físicamente retirar a Seve porque continuaba lanzando obscenidades a la monstruosa bestia negra.

El competidor final, como la multitud, estaba sorprendido por lo que acababa de presenciar. Ni él ni el toro deseaban tener mucho que ver el uno con el otro y pronto se hizo claro quien la multitud quería que finalizara la lucha. Los entusiasta asistentes empezaron a cantar por Seve, aún cuando los picadores y banderilleros debilitaban al enloquecido animal para el tercio de la muerte.

Arturo miró a su hermana sin poder creerlo, mientras ella se calmaba y tomaba una botella de agua natural. Ella devolvió la mirada. "No sé," dijo honestamente: "Realmente no sé."

Hizo una pausa y medio escuchó a Arturo hablar del obvio e imperativo hecho. "Ese animal pudo haberte matado."

"Yo sé, Yo sé," repetía ella. "No pude evitarlo, hubo algo dentro de mi que trajo pasión y dolor, algo que ni siquiera sabía que tenía."

"Pienso que deberíamos parar esto ya; por Dios, no hay nada que tengas que probar aquí," dijo Arturo.

"No," dijo Ilaria, tirando la botella de agua a un lado. Seve puso sus manos sobre sus caderas, y se concentró en la cara del gemelo de Ilaria. "Eso es todo para mi, Arturo. Sí, eso es todo." Hizo una breve pausa, porque sentía una emoción que no entendía atenazando su corazón. "He llegado tan lejos," comenzó, y se corrigió inmediatamente,: "hemos llegado tan lejos," puso su mano alrededor del sudoroso cuello de su hermano. "Quiero finalizar esto, necesito finalizarlo."

El tercio de la muerte de Seve estuvo lejos de ser perfecto. Su falta de experiencia y fortaleza trabajaron en su contra. Cuando de nuevo enfrentó a Bolero, su verborrea se había desvanecido. Ilaria ahora sentía empatía por el animal. Seve comprendió que los picadores y banderilleros profesionales habían reducido su furia anterior, que habían quitado vida alguna vez a un toro peligroso. Sin embargo tanto Seve como el animal sabían que habían luchado en un terreno de igualdad y estaban satisfechos con el resultado. Seve y el toro pasaron por lo que ahora parecía movimientos sin sentidos en su trabajo con la muleta, mientras él preparaba al animal para la muerte. El primer intento por insertar la espada en la espalda del toro y hacia su corazón, fue rechazado por el hueso y la espada saltó por los aires. En el segundo intento la espada se mantuvo por un momento antes de caer al polvo. El tercer intento fue exitoso, aunque su falta de fuerza impidió que la hoja de acero penetrara completamente, hasta que Seve se volvió a aproximar por un costado de Bolero y empujó con las dos manos. Entonces las miserias de Bolero finalizaron.

Las emociones colectivas eran mezcladas y particularmente fuertes en referencia a la muerte del animal. Bolero fue arrastrado, dejando sobre el suelo un rastro de sangre. No hay adjudicación de orejas para estos jóvenes toreros, puesto que la responsabilidad de la muerte fue compartida. Seve, en un estado de melancolía, tuvo que ser guiada por Arturo hacia donde los destacados toreros estaban siendo fotografiados. Cuando la neblina en la cabeza de Seve empezó a aclararse, Ilaria comprendió que había terminado parada justo enfrente de Rafeal. Él la estaba mirando de una forma muy rara. "Esa fue una buena ejecución," dijo Rafeal, quien extendió su mano para presentarse a sí mismo.

"Seve," fue todo lo que Ilaria pudo decir con su adoptada voz varonil. Evitó la mano de Rafeal y miró hacia la izquierda para no hacer contacto visual. Comenzaba a alejarse cuando Rafeal añadió una pregunta.

"¿Siempre toreas de esa forma?"

Por más que Ilaria quería alejarse de Rafeal, no pudo contenerse y Seve dirigió su atención directamente hacia él y respondió con una intensa mirada.

"¿De qué manera?"

Ese agresivo regreso cogió a Rafeal un poco por sorpresa, aún cuando era extremadamente confiado cuando toreaba. Sonrió un poco y respondió: "fue impresionante, peligroso pero impresionante."

Arturo, viendo el intercambio, se entremetió y captó la atención de Rafeal elogiando su ejecución y el que hubiera sido nombrado el torero destacado de la fiesta. "Gracias Arturo," dijo Rafeal, quien comenzaba a girar hacia Seve, pero este había aprovechado la oportunidad para alejarse. "¿Lo he conocido antes?" le preguntó a Arturo, refiriéndose a Seve.

"No veo cómo," aclaró el aludido. Esta era la oportunidad de ofrecer la más nueva y refinada historia de cobertura. "Seve es un sobrino de Mauricio, que es de España, y es su primera vez en México." Y finalizó su comentario levantando sus manos en el aire con una expresión de "no sé" y enfatizándola al decir: "y siendo que tú nunca has estado en España, no veo cómo ustedes se pueden haber conocido."

"Hay algo familiar en él. Por seguro que es un torero loco, pero tengo que admitir que entretiene." Los pensamientos de Rafeal eran un eco de los pensamientos de los espectadores en todo el estadio y en las colinas. Mauricio y El Abuelo Oniveres recibieron muy bien ganados elogios por la ejecución de Arturo. Y el abuelo disfrutó completamente del brillo en los ojos y la animación en los cuerpos de todos los que hicieron comentarios acerca de Seve. Y le dio a Mauricio gran placer denegar solicitudes de otros equipos pidiendo que Seve se uniera a ellos. Simplemente respondían: "Lo sentimos caballeros pero Seve ya ha firmado para torear en España, pero no podemos divulgar con quién por el momento."

CAPITULO 14

Tres meses después Ilaria y el abuelo estaban solos, sentados en la gran mesa del comedor. Los arrugados pero tibios ojos de él se enfocaban en su amada nieta.

"¿Qué hay en tu mente, mi pequeño toro?"

"Oh, Abuelo, han pasado tres meses desde la corrida de Toro Seca y me estoy sintiendo triste." Levantó su mirada de su taza de café medio vacía, ahora fría. Amo estar en el rancho contigo, pero siento como que estoy muriendo lentamente por dentro. Arturo tiene novia y está persiguiendo su sueño en Mazatlán. Yo en total he tenido una relación de corto tiempo y el hombre era una bestia. Estoy aquí paleando mierda de toro, literalmente, y conviviendo con un montón de viejos peones cuya idea de buen tiempo es estar acostado sobre una pila de tierra, ladeando sus sombreros vaqueros sobre los ojos para protegerlos del sol, mascando hierba, silbando tristes tonadas y viendo pasar las nubes. Y yo todavía no tengo nada de qué hablar con ninguno de mis padres. Ambos me miran como que he hecho algo realmente malo a pesar de que no tienen idea de lo que he hecho. ¿Qué puede hacer para superar la emoción y la aventura de entrenar con un maestro y con mi hermano, haciendo algo para lo que obviamente tengo algún talento y haciendo creer a todo el mundo que era un hombre?"

"Bueno. Supongo que para comenzar, no trates," comentó El abuelo mientras buscaba en su mente alguna clase de pensamiento para ayudar a su nieta a encontrar algún solaz. Se preguntó a sí mismo qué historia contarle que le ayudara a sobreponerse a tan extraordinario evento. "Cuando fui a Europa por un año más o menos a tu edad, mi mente se abrió tan ampliamente que cuando regresé a Santa Rosalía yo estaba en choque. Comencé a hacer las mismas viejas cosas con las mismas personas, pero nada era lo mismo. Escuchándote me haces recordar cómo me sentí de vacío por dentro en ese entonces. Después de conocer las grandes y antiguas culturas de Europa, me sentí culpable, algo como "¿qué estoy haciendo con mi vida aquí en este hueco polvoriento a la orilla del mar?" El grandioso arte, la magnífica arquitectura y toda la mercadería refinada estaba ahí para que todos la vieran, la tocaran, y por un precio, la poseyeran. Pasé de estar muy emocionado acerca de ver y experimentar esas otras culturas, a sentirme pequeño y fuera de lugar. Pero continué viviendo y eventualmente mi expandida experiencia me ayudó a encontrar mi camino con confianza. Esa confianza me ayudó a conquistar a tu abuela, le ayudó a ella a ver al hombre en mi y finalmente enamorarse de mi. Y cuando la perdí, me sentí vacío. Y ahora tú me has ayudado a ver que no es tan diferente de cómo yo sentí cuando volví de Europa. Sólo una cosa ha cambiado en mi vida." La muerte de tu abuela. Todo lo demás es lo mismo. Hizo una pausa por un minuto mientras visualizaba el funeral de la compañera de su vida, y recordándose a sí mismo sentado sobre la cama, la cama de ellos, todo vestido de negro para el funeral.

Ilaria se había olvidado de sí misma y estaba mirando al abuelo con los ojos brillantes de lágrimas. Movió su silla cerca a la de él, se inclinó y puso su cabeza sobre el pecho del abuelo como si quisiera pasar el resto de su vida de esa manera. Su más cercana relación y su mejor amigo se recompuso mientras se acercaba a ella y alborotaba sus negros cabellos.

"Antes de que tu abuela muriera, trató de darme un regalo desde lo más profundo del amor en su corazón. Un día me miró con sus grandes y redondos ojos y me molestó, como había hecho tantas veces, hasta que concordé con ella." Miró hacia abajo a la cabeza que aún descansaba sobre su pecho y que le causaba gran gozo. "Ustedes las mujeres tienen una forma de siempre conseguir lo que desean." Esto ayudó a disminuir las lágrimas de Ilaria y la hizo sonreír un poco.

"¿Qué dijo ella, Abuelo?"

"Me hizo prometer nunca renunciar, que ella estaría siempre

conmigo. Y que cómo yo viviera el resto de mi vida, sería un reflejo de ella." Esto creó una nueva pausa y ese hombre de un gran éxito que nadie podía medir, luchó para terminar su historia. "Esta fue la más grande responsabilidad que yo haya tenido nunca." Y después de otra pausa: "Entonces ella juntó fuerza suficiente para extender un brazo y asir mi camisa, y después de penetrarme aún más profundamente con la intensidad de su mirada, dijo: "y abre tu mente y corazón lo suficiente para que si otra mujer viene a ti, que pueda hacer tu vida más feliz, mejor aprovecha la oportunidad lo más posible o yo estaré realmente enojada. Claro que el pensamiento en ese momento me hizo sentir mal, pero ella me hizo prometer. Nunca olvidé lo que me hizo prometer y me forcé a mi mismo a mirar a otras mujeres y tratar de buscar algo que yo pudiera apreciar y elogiar."

Esta plática del abuelo buscando otras mujeres la hizo sentir incómoda. Se revolvió un poco y tomó algo de la ropa de su abuela, tratando de acercarse más a él.

El Abuelo Oniveres continuó su pensamiento. "Fue duro al principio. Solo quería bajar el perfil, esconderme; como tú lo has estado haciendo. ¿Y sabes qué? Por causa de su exigencia, yo fui capaz de superar mi pena lo suficiente como para interactuar con otra gente y en general estar interesado en sus vidas en vez de sólo mi tristeza. Nuestras tristezas, nuestros demonios nunca se van completamente Ilaria. Lo que podemos hacer es empujarlos y colocarlos en el fondo de nuestra mente lo suficiente para poder vivir una vida más rica y más feliz."

Con esto, llevó su mano izquierda a la barbilla de Ilaria y gentilmente torció su cabeza para poder mirar en sus ahora rojos ojos. "Por causa de esa promesa yo fui capaz de abrir mi corazón a otra mujer." La sonrisa del abuelo se hizo más grande al ver la expresión espantada de Ilaria. "Es divertido como puede ser la vida," dijo el abuelo poniendo su fuerte mano en la mejilla de la sorprendida y preocupada nieta. "Lo que mi amada y yo no imaginamos fue que esa nueva mujer en mi corazón vendría a ser mi nieta." La alarma de Ilaria se disipó rápidamente. Ella se hundió mas profundamente en la ropa del abuelo con el anuncio de que ella era el amor de su vida.

El abuelo continuó enfatizando a Ilaria no sólo en continuar viviendo, si no también en mantener sus ojos, su corazón y su mente abiertos porque la vida tiene sus maneras de presentarnos las oportunidades que necesitamos. "Nuestro trabajo es solamente ser lo suficientemente listos para reconocer las oportunidades y tener la voluntad y el coraje de actuar sobre ellas. Algunas veces las peores crisis presentan las más grandes oportunidades." Justo cuando el abuelo finalizaba sus pensamientos, la novia de Arturo, Estela, entró al cuarto con la cara y los ojos enrojecidos.

"¿Estela, qué pasa?" Preguntó preocupada Ilaria.

Estela miró al Abuelo Oniveres. Ella estaba obviamente preocupada de hablar en su presencia, pero no se pudo contener, y finalmente barbotó, "¡estoy embarazada!"

PARTE 2

CAPITULO 15

En término de un mes Arturo y la embarazada Estela estaban casados y viviendo juntos en Mazatlán. Puesto que él estaría viajando mucho, Ilaria gustosamente se prestó a venir a vivir con ellos y ayudar a su cuñada. Esta oportunidad disipó la crisis. Ilaria se encontró súbitamente en una gran ciudad, rodeada por lo bueno, lo malo y lo feo que la ciudad pudiera tener. Fue la primera vez que estaba en una ciudad tan grande como esa, y estaba asombrada. Algunas cosas la sobrecogieron inmediatamente. Nunca había experimentado el tráfico callejero. Sentirse como una bola de pin-pon al caminar por las calles, no era su idea de diversión. Pero era joven y en la mejor forma de su vida. Pronto aprendió a ser más agresiva cuando caminaba en las áreas más concurridas, y a buscar y disfrutar los lugares de relativa paz.

Nunca había visto tanta pobreza. Santa Rosalía tenía en ocasiones personas desamparadas porque mucha gente del campo era pobre, pero la desesperanza de la pobreza urbana era en alguna forma intimidante.

Con alguna ayuda del abuelo y la de la relativamente acomodada familia de Estela, Arturo y ella tenían un bonito apartamento en una buena zona del pueblo. Ilaria apreciaba como nunca antes cuán afortunados ella y Arturo eran de estar bajo el cobijo de un abuelo exitoso. Ella tenía su propio cuarto, por cierto muy vacío porque no trajo demasiadas cosas. Sintió que era tiempo para un fresco comenzar y no quería imponer su presencia a Arturo y Estela. Las dos muchachas se habían llevado siempre muy bien y pronto se convirtieron en muy buenas amigas. Esta fue otra nueva experiencia para Ilaria, una amiga. Ella y Arturo fueron inseparables cuando niños, por tanto nunca sintieron necesidad de otros amigos. Y cuando la relación con sus padres se deterioró, ella se unió tanto al abuelo y a la paz del rancho que ignoró las posibilidades de tener amistades serias.

Estela, aunque era muy abierta, era una joven mexicana tradicional. Había crecido muy cercana a su madre, y siendo la hija mayor, había tomado muchas de las responsabilidades del hogar. Ilaria estaba realmente disfrutando ser un poco doméstica, especialmente porque la relación con la pareja era muy buena. Gustaba de ser ayudadora, pero les daba a los recién casados su respectivo espacio cuando Arturo estaba en casa. Hacía largas caminatas a través de la ciudad observando sus complejidades. También gustaba de estar en el ruedo de práctica viendo a Arturo y a sus compañeros toreros. Sin que los otros toreros lo supieran, ella vino a ser la entrenadora no oficial de su hermano. Gustaba de verlo trabajar duramente en algo que ambos ya habían hecho juntos. Estaba contenta de estar al otro lado de la barrera y ayudar a su hermano a triunfar en su oficio. Para no avergonzarlo por escuchar a una mujer hablar de toreo, sólo hablaba con él de eso cuando nadie les escuchaba.

Empleaba mucha de su energía fortaleciendo el ego de Arturo que tendía a ser atropellado por los toreros más veteranos. El era menos obsesionado y mejor persona que muchos de los hombres a los que su profesión atraía.

El embarazo de Estela se desarrolló muy bien, y era tan eficiente manejando su hogar que Ilaria terminó teniendo mucho tiempo libre. Todos decidieron que sería bueno que Ilaria consiguiera un trabajo nocturno. Estela tenía un primo que trabajaba en un restaurante de mucho éxito en Mazatlán llamado "Señor Frog's," y le sugirió buscar empleo ahí. "El negocio es grande y siempre están buscando nuevos empleados."

"Pero yo no sé nada de trabajar en un restaurante," protestó Ilaria.

"Yo sé, pero en los restaurantes es donde la gente encuentra su primer trabajo. Pienso que serías una magnífica anfitriona. Sólo tenemos que acentuar tu femineidad un poco. Y yo tengo toda esa ropa que ya no uso," aseguró Estela.

Ilaria consiguió el trabajo. Todos los músculos y la forma física que había conseguido durante el verano se había suavizado, por lo que Estela pudo vestirla como una guapísima joven. Ese mismo trabajo físico y el éxito alcanzado en el ruedo le habían dado una postura distinguida, que le daba una nueva confianza.

Estela, que tenía familia en Mazatlán, y había estado viniendo por años era muy conocedora de la ciudad y del mundo de los restaurantes. "No trates de ocultar tu desconocimiento, pregunta mucho y se agradecida con aquellos que te ayuden. Soba el ego de todos y coquetea con los muchachos y las muchachas."

Ilaria no tenía idea de lo que su cuñada quería decir, así que Estela explicó: "todos gustan de sentirse como que son atractivos. Mi tío tuvo un restaurante por un tiempo y yo acostumbraba ayudarle. El negocio de los restaurantes es como la vida transcurriendo debajo de un lente de aumento. Pronto vas a conocer a todos con los que vas a trabajar. Algo acerca de la presión en el trabajo saca la verdadera personalidad de la gente. Si puedes conservar una buena actitud y ser ayudadora, puedes ganarte a la gente rápidamente. Además ganarás muchos bonos si puedes hacer reír a la gente."

Aunque había presión en el aprendizaje de muchas y nuevas cosas en su nuevo trabajo, se descubrió a sí misma disfrutándolo. Algunos de los manejadores eran demandantes y críticos, pero ninguno podía competir con la ferocidad de toro malo que tenía dentro de ella. Después de las complicaciones tratando de engañar a todos haciéndoles creer que era un hombre, de la presión de tratar de vivir bajo las expectativas de sus padres y después de lo que le demandó la competitiva relación con Rafeal, su nueva vida con Arturo y Estela, además de su trabajo, daban a Ilaria una creciente sensación de libertad. Sentía como que al fin estaba teniendo su propia vida. Estela se divirtió vistiendo a Ilaria y ella se divirtió de ser conocida como una mujer bella. Su nueva vida era tan relativamente libre de preocupaciones, que fácilmente siguió el consejo de Estela y se hizo muy buena en coquetear con la gente y hacerla reír. Comenzó a hacer algunos amigos en el restaurante y a menudo se unía a un grupo de ellos después del trabajo en un bar o un club. La vida era buena. La vida era fácil. Algunas veces extrañaba la tranquilidad de el rancho, y naturalmente extrañaba al abuelo. Pero de alguna forma sentía que él estaba con ella. Empezó a enviarle tarjetas postales semanalmente. Se divertía escogiendo las tarjetas de escenas de pescadores, de los escenarios turísticos de la ciudad y hasta algunos de linda chicas en bikini. Descubrió que le encantaba comunicarse con él de esa manera. Se sentía inteligente y creativa, y sabía que él sería feliz de que ella estuviera disfrutando las aventuras de su nueva vida. Sobre todo, estaba agradecida de tener alguien con quien compartir su nuevo mundo. Sabía que eventualmente necesitaría un rumbo más serio para su vida, pero por ahora era feliz.

Uno de los cocineros del restaurante había venido a ser un objetivo particular para sus coqueteos. Nunca había conocido a nadie como Adrián. Su espeso y ondulado cabello, cuando no estaba recogido detrás del sombrero mientras cocinaba, flotaba hasta sus hombros. Su estatura era cinco pies y seis pulgadas, casi la misma estatura de ella. Era delgado, velludo de brazos y usualmente llevaba barba de dos o tres días. Tenía unas bellas, casi femeninas pestañas que entibiaban la mirada de sus ojos negros, que Ilaria sentía constantemente sobre ella. Siempre tenía un libro consigo; siempre repetía frases de personas de las que ella nunca había oído hablar. No era bello, si no un joven razonablemente bien parecido que obviamente era muy inteligente y muy educado, como el abuelo. Frecuentemente lo veía con su fiel pluma negra escribiendo poesía sobre su jean marca Levi, rotos a propósito. Vestía una extraordinariamente rara colección de ropa, que no sólo tenían escritos a mano, frases y poesía, sino que también parches cosidos de otras telas y diferentes objetos. Frecuentemente vestía una chaqueta negra, también de la marca Levi con una dedicatoria al Día de los Muertos. Estaba cubierta de esqueletos cosidos y leyendas alusiva a la muerte y la eternidad. Cuando Ilaria se encontró con él mientras estaba escribiendo algo sobre su heterogénea vestidura, él miró hacia arriba y recitó para ella palabras que variaban desde cuán rojo era un tomate hasta cómo sentía que era la forma humana de una Digitaría. A Adrián le incomodaba e intrigaba lo mismo que a Ilaria. Habiendo crecido en el mundo tradicional de Santa Rosalía, no podía imaginarse a un hombre como este. Era el polo opuesto del tradicional macho hombre. Por su ignorancia del mundo, al principio Ilaria pensó que Adrián era homosexual porque no era macho y tenía algunas características algo femeninas. Ella sólo sabía de la gente homosexual a través de las películas y la televisión, y su mente pueblerina no sabía cómo clasificar a este inusual joven. Pero las constantes manifestaciones poéticas de cómo sentía acerca de las diferentes partes del cuerpo femenino, dejó clara su preferencia sexual. Puesto que Ilaria era una de esas personas que nacieron sin mucho miedo natural, encontró que su curiosidad acerca de Adrián era más poderosa que la ansiedad que sentía hacia él.

Una noche, cuando Ilaria salía del trabajo, notó una tarjeta en el podio sobre el que trabajaba, con algunos elaborados bocetos que ella supo habían sido creados por él. Miró a su alrededor y notó que Adrián ya se había marchado. La tarjeta decía simplemente: 'si te gusta la aventura, ven al 'Café París'. Ella sonrió y se dirigió al lugar. Miró alrededor buscándolo pero no lo encontraba. Permaneció estupefacta hasta que una mesera se le aproximó y dijo: "Adrián preparó esto para ti," su comentario fue seguido por un movimiento de su mano hacia una pequeña mesa redonda, y con una sonrisa sardónica, jaló la silla para que Ilaria se sentara. Sobre la mesa había otro sobre; éste era dorado, y cerca del sobre había una copa de vidrio con forma de tulipán, conteniendo un líquido dorado. Ella tomó la copa y puso el borde sobre su labio superior, cerca de la nariz. Aromas de dulces cítricos danzaron en sus fosas nasales y florecieron en su cerebro. "Lillet," aclaró la mesera: "es un aperitivo francés." Ilaria nunca sería capaz de pronunciar el nombre que sonaba tan divertido, ni sabía lo que era un aperitivo, pero si supo que era delicioso. Cuidadosamente abrió el bello sobre dorado. Adentro había un poema.

Doradas oleadas de hierba

Flotando sobre la tierra

Como cabellos de piel

Vivos pero inútiles

A menos que se toquen.

Tomó otro sorbo del ligeramente dulce líquido y acarició los bordes del papel que tenía en sus manos. Nunca había probado nada francés, y nadie le había escrito un poema tampoco. El poema estaba dedicado: *'Para Ilaria, de Adrián,'* con una nota informando que la factura y la propina ya estaban pagadas. "Para continuar la aventura, una vez que salgas del Café, debes girar a la derecha, continuar sobre la Avenida Torres y girar nuevamente a la derecha al final de la calle. Ve directo hasta que la calle termina y abre tus ojos."

Mientras caminaba siguiendo las instrucciones, se iba sintiendo emocionada y un poco nerviosa. Más que todo sentía cierto orgullo de que alguien se tomara tanto trabajo sólo por ella; este hombre inusual está tan atraído por ella que le inspiró a crear este viaje, que estaba terminando frente a la pared de ladrillo que apareció súbitamente enfrente de ella. Cuando sus ojos se ajustaron a la oscuridad, comprendió que había un letrero pintado con espray sobre la pared. Su mente recordó la última instrucción de Adrián, 'abre los ojos'. Dio un par de pasos hacia atrás y leyó:

Piel, carne, sueños rotos

Soy sólo un hombre joven

Abrazado con confianza y miedo

Una puerta abierta

En búsqueda.

El poema estaba seguido por una simple instrucción, 'mira a tu izquierda'. Vio un largo edificio que lucía abandonado. Tenía una falsa fachada de mármol verde, a excepción del primer piso, que era vidrio del suelo al cielo raso. Ella se sintió incómodamente nerviosa cuando comprendió que estaba sóla en esa calle. Miró hacia el oscuro vacío del abandonado edificio. Fue entonces cuando distinguió la silueta humana en el interior, que ella inmediatamente sintió que era Adrián. Al aproximarse a él se dio cuenta de que tenía su dedo sobre los labios indicándole silencio. No hablar. Él extendió su mano derecha hacia su costado y movió la cabeza. Ilaria indicó con la cabeza también que no entendía. Él entonces apuntó a la mano de ella y nuevamente movió su brazo derecho. Adivinando que eso era lo que él quería que hiciera, ella imitó su acción con su brazo izquierdo. Esto produjo una sonrisa en él quien levantó su pulgar. Hizo una reverencia que ella respondió con otra. Adrián puso su mano derecha a la altura de su cara con su codo doblado y puso su mano como si estuviera sosteniendo la mano de otra persona. Ella siguió el juego y pronto ambos estuvieron girando en un mini círculo como si estuvieran bailando una danza barroca. Esto les hizo reír. Ella se reía más de sí misma al imaginarse cuán ridículos debían lucir para cualquiera que pasara por el lugar. Justo entonces Adrián se detuvo y se movió a un pie de distancia del vidrio. Ella le siguió y luego imitó su siguiente movimiento de poner ambas manos por encima de sus propias cabezas. Él bajó sus brazos y se dirigió a ella con las manos abiertas. Gentilmente puso la punta de sus diez dedos sobre el vidrio. Indicó con la cabeza a Ilaria que tenía que hacer lo mismo. Ella abrió sus dedos y los colocó sobre el frio vidrio, poniendo cada dedo sobre los de Adrián. Este cerró sus ojos y tomó una profunda respiración, como si estuviera absorbiendo una parte de Ilaria. Abrió sus ojos y la observó hacer lo mismo. Ella sintió el vidrio entibiarse y ya no se sentía como que hubiera algo entre ellos. Después de tres veces de intercambiar profundas inspiraciones con los ojos cerrados, ella sintió que ahora había alguna clase de corriente eléctrica corriendo a través de sus dedos; una corriente que giraba en círculos a través de ambos. Sin separar las puntas de sus dedos, Adrián inclinó su cabeza hacia el vidrio y presionó su nariz contra la fría pero clara barrera que los separaba. Ilaria rápidamente hizo lo mismo, y ambos cerraron sus ojos y simultáneamente tomando más respiraciones profundas. Cuando ella se estaba sintiendo mareada, él retrocedió y rompió la surreal conexión.

Cuando se reunieron, Adrián apuntó hacia la derecha de ella, haciendo un movimiento de caminar hacia arriba, con sus dedos, indicando que deseaba que subiera las escaleras que se encontraban a su derecha. Ella miró hacia las escaleras, y cuando volvió a mirar a Adrián, vio que éste se había ido.

Asió el pasamanos de las escaleras. Mientras subía se preguntaba en qué se estaba metiendo. Todavía no sabía qué sentía por el muchacho. ¿Estaba sintiendo alguna clase de amor, o era simplemente curiosidad?

Al alcanzar el tope de las escaleras vio que los matorrales que lo rodeaban estaban en pleno florecimiento y que había un par de candelas largas iluminando el rico espectáculo floral. Al poner sus pies fuera del descanso de la escalera, estaba pisando sobre una alfombra de pétalos de flores colocadas por Adrián que la esperaba. Extendió su mano hacia ella. Ilaria removió su mano de la seguridad del pasamanos y asió la mano que le guiaba. La mano de ese hombre misterioso. Lentamente la atrajo a sus brazos. La única cosa entre ellos ahora, era su voluntad. Se miraron a los ojos y comenzaron a besarse. Sus labios, de una forma elegante, iniciaron una mutua exploración de la ternura. Progresaron hasta un abierto, hambriento y total descubrimiento de sus bocas. En cierto momento Ilaria notó lo fácilmente que el cuerpo de Adrián se fundía con el suyo. Un relámpago de recuerdo trajo a Rafeal a su memoria, pero ahora parecía que sus abrazos habían sido los de un rígido poste. Con el primer beso de Adrián, ella ya estaba teniendo problemas en reconocer qué partes eran de ella y cuales eran de él.

Un gato callejero se restregaba contra las piernas de ellos como si quisiera unirse a la sesión amorosa. Esto rompió el embrujo lo suficiente para que sus labios se separaran y ambos emitieron risitas forzadas. Adrián rompió el abrazo y señalando hacia la izquierda dijo: "esta es mi casa, déjame enseñártela."

Ilaria se sentía lo suficientemente segura como para seguirlo al pequeño pero interesante alojamiento. Él había encontrado un pequeño oasis dentro del caos de la gran ciudad. Su cuadra era una fila de diminutas casas de un cuarto, amontonadas pero escondidas y refrescadas por numerosos árboles y arbustos de flores. Su única conexión era una estrecha acera. Él explicó que conocía a casi todos en la cuadra y que más o menos se llevaban bien. En el interior había un lava platos, una estufa y un baño del tamaño de un excusado. Donde quiera que había un espacio en las paredes cubiertas de recargados libreros, se encontraba también una variada colección de cosas. Muchos de esto objetos, como latas vacías de comida, platos rotos, o parte de un juguete roto, podrían haber venido de la basura de alguien. Además de los libros y baratijas, las paredes estaban cubiertas de escritos, tales como poemas, una palabra, un nombre o sólo un comentario, todo escrito con marcador negro. Había un sofá y un colchón sobre el suelo, no sillas o mesas pues simplemente no había espacio, aunque había algunos libros caóticamente apilados en el suelo. Ilaria tomó asiento en el sofá, que estaba envuelto con una variedad de cubiertas, incluyendo una larga toalla de playa con el retrato del Ché Guevara.

"Quién es ese tipo," preguntó sorprendida Ilaria. Había visto esa imagen en toda clase de mercancía así como pegada en las ventanas de algunas casas.

"Quien él fue y lo que la gente piensa que él es, son ahora dos diferentes cosas," contestó Adrián, quien se había sentado en el suelo frente a ella.

"Él fue un revolucionario intelectual que viajó mucho en su tiempo, pero ahora se ha convertido en un símbolo usado por el sistema capitalista para hacer dinero. Su foto no es muy diferente que el circulo amarillo de una 'carita feliz'."

Ilaria, sin entender nada más que el desdén en su voz, comenzó muy quietamente a mirar la colección de cosas de Adrián, en su mayoría libros. "¿Adquiriste esa pasión por la lectura cuando estabas en la escuela?"

"No exactamente," respondió él. "Yo crecí en un pueblito tan pequeño, que toda nuestra escuela era dos cuartos. Uno era el aula para todos nosotros sin importar la edad. El otro era una extensa biblioteca con libros que fueron donado a la muerte de un terrateniente español. Nuestro maestro y yo teníamos el entendimiento de que yo podía permanecer más tiempo con los libros, y actuar como un bibliotecario no oficial."

Le contó muchas historias acerca de su pasión por aprender, y después de una que lo dejó riéndose consigo mismo, levantó la mirada y vio a Ilaria dormida. Le quitó los zapatos y delicadamente la hizo girar a una posición más cómoda. La cubrió con una sábana, le dio un ligero beso en la frente, y gateó hacia su propia cama.

CAPITULO 16

Ilaria y Adrián empezaron a pasar tiempo juntos. Ella estaba sorprendida por sus conocimientos y su gentileza la hacía sentirse valorada. Pero sentía un poco de nerviosismo acerca del lado oscuro del joven. Su falta de fe en prácticamente todo, la hacía preguntarse si alguna vez él tendría fe en ella y en su relación. Pero su energía creativa era sorprendente. El abuelo había abierto su mente con sus conocimientos mundanos. La forma única en que Adrián veía y hacía las cosas era un reto para una parte diferente de la mente de Ilaria. Cuando estaba con Rafeal, el mejor sentimiento que logró fue el de sentirse bien. Este sentimiento vino a ser un fetiche, que la mandaba y confundía hasta el grado de no saber qué era realmente más importante. Adrián era bueno en una forma artística, una forma en la que ella no tenía que competir. Podía solamente disfrutar su forma diferente de ser. Sentía un nuevo valor entibiar su oscuridad interior con la nueva ligereza que sentía en el corazón. Por primera vez en su vida se estaba sintiendo verdaderamente bien siendo una mujer. Por primera vez sintió el gozo de mejorar la vida de alguien con su femineidad.

Pasaron dos semanas ante de que cualquier actividad sexual sucediera. Adrián lo hizo fácil. Podía hacerle el amor a cualquier parte de ella que estuviera expuesta y disponible para él. Sus labios, su cuello, lo que estuviera más cerca, él lo amaba. Tocaba y mordisqueaba sus orejas como si estas fueran lo más lindo que hubiera visto. Masajeaba sus pies después del trabajo, y deslizaba sus manos piernas arriba como si fuera la primera vez que tenía el privilegio de tocar la asedada piel femenina. La forma en que él amaba su cuerpo la hizo sentirse especial, orgullosa de lo que podía ofrecer tanto física como emocionalmente. La progresividad de su forma de hacer el amor fue muy natural. El no la urgía. Disfrutaban de la mutua compañía donde quiera que estuvieran, y se tocaban mucho cuando estaban a solas. A pesar de lo mucho que disfrutaba estar con él, Ilaria tenía sus reservas. Amaba la forma en que Adrián se enfocaba en ella cuando hablaban o cuando se amaban.

Fue tres semanas después de su romántica, poética jornada a la casa de Adrián cuando ella comprendió que él usaba drogas. Ella sabía que había cosas como marihuana, cocaína y heroína, y que hay diferentes clases de pastilla que se pueden ingerir para alterar la conciencia, pero nunca había visto nada de eso o sabido de alguien que las usara. Comenzó cuando Adrián fumó marihuana en frente de ella por primera vez. Algunas veces la fumaba por las tardes antes del trabajo, otras veces después. Decía que lo relajaba. Que su mente estaba tan ocupada que un par de 'toques' de marihuana era lo que necesitaba para calmarse.

"¿No te preocupa que te agarren?," pregunto ella preocupada.

"Es sólo marihuana," contestó despreocupadamente. "Créeme, la policía tiene cosas más importantes de que preocuparse. Al menos deberían preocuparse por cosas que la gente hace a otra gente en vez de preocuparse por lo que pasa en mi casa."

Ella trató de fumar un poco una vez, pero lo único que consiguió fue un ataque de tos. Decidieron que era muy sensible al humo. Ilaria se sintió aliviada porque realmente no tenía deseos de alterar su mente con algo tan extraño para ella. Se encontró a sí misma consumiendo más bebidas alcohólicas como una forma de llevarse bien con Adrián y el nuevo grupo de amigos del restaurante. Se divertía. Tenía un novio interesante y nuevos amigos que sabían divertirse y nadie la estaba juzgando. Este fue un bienvenido cambio, algo distinto al estrés que sentía con su padre y la presión sufrida cuando se disfrazó de hombre. Algunas veces sentía estrés en el trabajo debido al gran ego de su jefe, o por clientes muy pagados de sí mismos o cuando compañeros de trabajo creían que era su privilegio pasar a otros sus problemas personales; pero mayormente sentía que su trabajo era muy fácil y más divertido en la medida en que desarrollaba su habilidad de coquetear y sobar el ego de la gente y hacerlos reír. Todo era bueno, todo era fácil. Pero todavía sentía que algo hacía falta.

Finalmente decidió que el problema era que realmente no sabía lo que quería en su vida. Quería sentir nuevamente esa especial sensación de triunfo que sintió al aprender a torear, pero ese era un sueño para su hermano, no para ella. También sabía que le gustaría tener a alguien que sintiera por ella de la manera que el abuelo sintió por la Abuela, pero cuán raro y difícil era encontrarlo y conservarlo. Al menos tenía a su abuelo, a la familia de Arturo y Estela en Mazatlán, a Adrián y a su nuevo grupo de amigos.

Ilaria y Adrián habían estado saliendo por un mes, cuando ella presenció que él se inclinaba con la cabeza hacia abajo y aspiraba algo con su nariz con un enrollado billete de cien pesos. También descubrió que siempre portaba una pequeña caja que contenía píldoras multicolores que él llamaba sus 'cambiadores de ánimo', a lo quitó importancia, riendo, alegando que sólo experimentaba un poco. A pesar de la relativa ignorancia de Ilaria en lo concerniente a drogas, supo que esto era más serio que la marihuana. A pesar de todas las excusas sin sentido que brotaban de la boca de

Adrián, ella tenía miedo.

Tenía miedo por estar asociada con esta actividad ilegal. Tenía miedo por él. Cuando lo conoció, pensó que había encontrado a alguien que era, no sólo capaz de hacer lo que quisiera, si no que también sintió que él era alguien que haría todo con cierto grado de conciencia por los seres humanos. Se sintió provincial e ignorante. Algo dentro de ella continuaba susurrando que el abuso de las drogas de él, convirtió sus buenas intenciones en cuidadosamente elaboradas mentiras.

Él uso de drogas de parte de el se hizo más notable, y ella se preocupó de que la persona de la que pensó que se estaba enamorando era en realidad una persona distinta. Todas las diferencias que le habían atraído a él inicialmente, ahora comenzaban a asustarla. Ya no era capaz de simplemente confiar en él. Antes se reía con sus amigos de su raro comportamiento, y escribía al abuelo acerca de sus escritos y de su originalidad. Ahora se encontraba a sí misma evitando hablar de las cosas que hacía y teniendo que mentir, como una forma de proteger el hecho de que lo que hacía era influenciado por la droga. Se sentía defraudada. Sentía que el tiempo compartido con Adrián le estaba siendo robado por esos químicos.

Las emociones sentidas con Adrián eran diferentes de lo que sintió con Rafeal. A pesar de su disgusto por su dependencia de las drogas, disfrutaba sus extraños poemas. Amaba la forma en que escribía acerca de sus sentimientos hacia ella y el mundo que les rodea. Le gustaba la forma apasionada en que la amaba. Ella realmente se preocupaba por él. Esto le causaba un profundo dolor que crecía dentro de ella y sobre el cual tenía poco control. Amando tanto a alguien en quien ya no podía confiar la confundía.

Una noche Ilaria se estaba sintiendo particularmente preocupada. No se podía concentrar en dormir. Daba vueltas en la cama víctima de un caos emocional que atribuía a su confusa relación con Adrián, pero sentía que era más que eso. Cuando Arturo llegó a su cuarto en la mañana, se sentía enferma del estómago, le dolía la cabeza y había soledad en su corazón. Solamente pudo enfocarse parcialmente en su hermano cuando él se sentó en el borde de la cama y la tomó en sus brazos hasta que ella estuvo cara a cara con él. Fue entonces cuando Arturo se dio cuenta de que Ilaria estaba llorando.

Sus lágrimas estallaron abiertamente mientras sus brazos apretaban a Arturo y su cabeza cayó sobre su pecho. Sollozaba incontrolablemente. La única palabra que pudo escapar de su temblorosa boca era "No, no, no." Pero ella sabía. Arturo no necesitó decir una palabra. Ella sabía que el abuelo había muerto. Sabía que la noche se lo había llevado y ahora entendía el dolor y la soledad que le habían asaltado. Los gemelos continuaron aferrados el uno al otro fuertemente mientras lloraban juntos. Arturo estaba silencioso, incapaz de hablar. Sentía su pérdida personal, pero lo sobrepasaba el dolor de Ilaria. Ella sólo podía pronunciar algunas palabras de negación como: "no, no. Tengo mucho que decirle, no puede haberse ido." Entonces se quebró completamente.

El funeral se desarrolló bien, si tal cosa es posible. La concurrencia fue impresionante. Ilaria vio a tanta gente que no recordaba haber conocido. Se perdía en memorias de el abuelo. Un minuto se podía concentrar en las caras de las personas cuando expresaban sus condolencias, el minuto siguiente sólo veía formas blancas en frente de ella. Su cerebro registró poco de lo que en realidad estaba sucediendo. Sentía como si ella no fuera lo suficientemente adulta para realmente apreciar cuán especial fue el abuelo, y ahora había muerto.

El padre de Ilaria fue muy gentil con ella. Comprendió que esto era sorprendente pero fue incapaz de procesar ningún significado detrás de ese comportamiento. Su hermano parecía estar manejándolo bien y sentía que él mantenía su atención en ella. Se sentía como si estuviera sentada en una silla incómoda viendo todo como en un video. Su manera de comunicación era a través de movimientos de cabeza, que no incluía ningún contacto visual. Su madre estaba también muy quieta. Ellas no intercambiaron palabras y su contacto se limitó a un extraño abrazo. Mirando hacia atrás, después, se preguntaba por qué el tratamiento gentil de su padre hacia ella parecía tan natural, mientras los sentimientos entre ella y su madre permanecían fríos.

La única experiencia que más tarde recordaría vívidamente fue cuando entró al dormitorio del abuelo. Todavía sentía en la punta de los dedos la sensación de tocar las pertenencias de su ídolo. Recordó su olor al hundir su cara en uno de sus suéteres. Ese suéter lo trajo ella consigo a Mazatlán. A menudo hacía lo mismo, hundiendo su cara en la cálida lana. Otras veces envolvía su pequeño cuerpo con el suéter, sentada en una esquina, como abrazándose a sí misma. También se trajo un medallón que ella sabía su abuela le había regalado al abuelo, un simple aro de oro con la inscripción de: "mi campeón." Compró una simple cadena de oro para su medallón del recuerdo y lo llevaba siempre alrededor de su cuello.

CAPITULO 17

Ilaria recordaba que el abuelo una vez dijo que todo era lo mismo pero que todo era diferente. Así era exactamente como ella sentía a su regreso a Mazatlán. Había vivido en la ciudad por seis meses y había estado saliendo con Adrián por cuatro meses. Salía con amigos y eventualmente comenzó a sonreír y hasta a reír, pero ella se sentía diferente. Definitivamente sentía diferente con respecto a Adrián. Se encontró a sí misma sintiendo indiferencia por él. Estaba consciente de cuánto esto le molestaba a él, pero todos los esfuerzos de Adrián tratando de recobrar algo de pasión en su relación, sólo conseguían irritarla. Después de haber ido a casa y pasado todo el trauma, sus sentimientos habían cambiado. Se preguntaba si sería un cambio temporal, pero sospechaba que la falta de sentimientos por Adrián era permanente. Era extraño departir con el usual grupo de compañeros de trabajo cuando él estaba ahí. Por lo que comenzó a pasar más tiempo con Estela pues se estaba acercando el momento de dar a luz.

Un día, mientras rondaba por la casa vio la muleta de Arturo sobre el sofá. La tomó, y lentamente empezó a ejecutar los movimientos de varios pases de la faena. Rápidamente comprendió cuánto extrañaba el ejercicio mental y físico de su entrenamiento veraniego. Arturo, quien había entrado en el cuarto y había visto los movimientos de la muleta en las manos de su hermana, y la sonrisa en su rostro, lentamente se dirigió al antiguo gabinete en la esquina del cuarto, lo abrió y extrajo dos bultos de tela colorida.

"¿Reconoces esto?," Preguntó Arturo extendiéndole su capote y su muleta. Ella tomó sus viejos amigos de las manos de su hermano. Asió el capote con la mano derecha y la muleta con la izquierda. Dejó que la tela se desenrollara hasta el suelo. Entonces giró sobre sí misma de modo que quedó envuelta de los pies a los hombros en espirales rosadas, doradas y rojas. Había quedado tan completamente envuelta que estaba atrapada como en una camisa de fuerza. La risita que se escapó de sus labios lanzó su gozo rebotando sobre las paredes, semejando los sonidos de una joven mujer vestida para un baile de princesa. Estela fue atraída hacia el cuarto por el sonido de las carcajadas. Y ella misma comenzó a reír cuando la auto impuesta prisión de tela de Ilaria finalmente la hizo caer al suelo, formando una laguna de ropa con una isla formada por una joven riendo.

Para el tiempo en que Arturo desenredó a su hermana, las risas se habían convertido en violentos sollozos porque la todavía emocionalmente frágil Ilaria, se sintió superada por las emociones de la pérdida familiar, la incertidumbre de su vida actual, y el recuerdo de aquel tiempo en su vida en el que sintió que realmente hizo algo especial.

CAPITULO 18

Ilaria se reunió con algunos amigos en el Café Roma. Adrián no estaba ahí. Ya había comenzado a aceptar la muerte del abuelo lo suficiente como para haber parado de pensar en él todo el tiempo. El medallón que su abuela le dio al abuelo, con la inscripción *"mi campeón"* colgaba siempre alrededor de su cuello. Lo acariciaba cuando se sentía nerviosa. Había decidido visualizar que él siempre estaba con ella. Hablaba con él cuando lo necesitaba, a menudo en voz alta. Era importante sentir que el abuelo estaba todavía cuidando de ella.

Sus amigos habían estado bebiendo, riendo y disfrutando como lo hacían usualmente. Esa noche, un hombre mayor estaba sentado en la esquina del bar, sin prestar atención a los otros clientes. Ilaria le preguntó a su amigo Pablo si sabía quien era.

"Sólo un viejo loco a quien llaman Albus," respondió Pablo. "No le prestes atención, él está en su propio mundo."

"Albus," repitió ella. "¿Donde he escuchado ese nombre?" Volvió su atención hacia el viejo. "Ahora lo recuerdo, mi abuelo me lo presentó. Supuestamente es muy sabio."

"Quizá por eso le llaman así," remarcó Pablo. "Parece que siempre estuviera pensando."

Ilaria se aproximo al hombre.

"¿Por qué haces girar la moneda de oro?" Preguntó Ilaria.

"¿Estás segura de que deseas saber?" Respondió Albus.

Ella asintió con la cabeza.

"Hay muchos reflejos en una moneda que gira."

"¿Qué quieres decir?"

"Te he estado observando por un tiempo. Sabía que la moneda de oro captaría tu atención."

Esto sorprendió a Ilaria, quien cambió de tema para ajustar su compostura.

"Usted conoció a mi abuelo. Prisciliano Oniveros, ¿no es así?"

"Era un hombre muy bueno."

"¿Por qué querías atraer nuestra atención?"

"Tu atención Ilaria," aclaró el viejo Albus.

"¿Por qué querría atraer mi atención?"

"Para compartir un pensamiento."

"¿Y cuál es ese pensamiento?"

Una sonrisa surgió en su rostro. Giró nuevamente la moneda. "Estaba pensando cómo esta moneda que gira es como todos ustedes." Señaló hacia el otro lado del bar. Los amigos de ella estaban tomando, riendo y divirtiéndose.

"¿Cómo puede una vieja moneda hacerte pensar en

nosotros?" Inquirió ella.

"Como la moneda, todos parecen disfrutar el llamar la atención hacia ustedes. Se pulen a sí mismos como la moneda. Entre más rápido van, más atrevidamente viven, más atención demandan. Girar la moneda es divertido y excitante. Una moneda al girar, lo hace en círculos, nunca yendo a ninguna parte, solo cambiando de dirección si golpea algo accidentalmente. Cuando observo un grupo como el de ustedes, llamémoslo 'club de diversión.' Yo veo un grupo de monedas invirtiendo tanto tiempo en girar y pulirse el uno para el otro, que me imagino que continúan golpeándose entre sí. Esto deja muy poco tiempo para buscar algo que pueda realmente hacer una diferencia en sus vidas. Esa es la manera en que todos ustedes viven. Girando en círculos. La única razón por la que alguien en un grupo como este podría ir a alguna parte, sería porque accidentalmente encontró un rumbo."

"Lo que llamas girar, puede simplemente ser tener buen tiempo." Aunque esto irritaba a Ilaria, en realidad se sentía excitada por el reto de este hombre. "Pienso que tal vez imaginas más de lo que es, puesto que eres un hombre viejo y no tienes nada más que hacer."

Ella se sintió un poco culpable por la agresión en sus palabras, pero no obtuvo la respuesta que esperaba. Albus sólo comenzó a reír. La miró, preparándose para responder, pero entonces rió aún más, lo que también perforó las defensas de Ilaria, y pronto se encontró riendo ella también.

CAPITULO 19

Arturo y Estela nombraron a su hijo recién nacido Juan Carlos, como su abuelo, quien había renunciado a su trabajo para hacerse cargo de las actividades del rancho, y había venido con la abuela del niño para el nacimiento. Entre sus padres y todos los parientes de Estela, la casa estaba siempre llena de gente, lo que incitaba a Ilaria a desaparecer para disfrutar un poco de quietud. Pero la mayor parte del tiempo disfrutaba del sentido de familiaridad y toda la esperanza y la inspiración floreciendo a causa del milagro del recién nacido. La madre de ella estaba muy relajada y feliz. Ambas habían aprovechado ese tiempo para sentirse más confortable la una con la otra. Viendo a su madre en el papel de abuela, había suavizado la forma en que Ilaria la veía. Viendo a Ilaria como parte de esta nueva y feliz familia, suavizó la forma en que la madre veía a su hija. También ayudó el que todos se enfocaran en el recién nacido, en Estela y en Arturo. Sus padres no intentaron interrogarla acerca de sus decisiones en la vida, y esto mantuvo alejados los problemas del pasado.

Ilaria se sentía especialmente feliz por Arturo y Estela, quienes habían hecho tanto por ella desde que llegó. Apreciaba el espacio que le dieron cuando pasaba tiempo con Adrián. Había mucho de lo que ellos podían preocuparse, pero nunca se pusieron pesados. Sólo la escucharon sin juzgarla y le dieron amor y comprensión. Ilaria aprovechó la ocasión del nacimiento de Juan Carlos para romper completamente cualquier relación con Adrián. Los lazos familiares que había construido con Arturo y

Estela le ayudaron a construir bloques para una nueva fundación. Ilaria, aunque desconociendo en cuál dirección exactamente quería ir, se sentía más firme y en control. Durante los meses pasados con Adrián, sus emociones y sentido de sí misma habían girado sin control. Todavía pensaba en Adrián como en alguien especial y no quería olvidar ese sentimiento de realmente interesarse por alguien. Tenía la sensación de que conservando esos recuerdos, le iban a ser útiles en el futuro. También se sentía muy feliz de que a través de él había aprendido el sentido de la sexualidad y sentía ser una persona más completa, siendo capaz de desear, sentir y disfrutar el sexo. Con Rafeal no había estado lista. Con Adrián aprendió que era bella y disfrutó la idea de compartir su belleza con alguien especial. Sentía tristeza por las dificultades que los alejaron, pero había decidido no culparse por ello. Lo extrañaba, pero sabía que él había tomado sus propias decisiones, y además sabía que su incapacidad de confiar en él, era una sentencia de muerte para una saludable relación.

Ilaria se estaba sintiendo mejor. Sentía mas confianza en su futuro. Las palabras del viejo Albus, habían sido añadidas a sus otras experiencias, y le inspiraron a tomar algunas decisiones y a abrir su mente hacia algunas diferentes direcciones en su vida. Estaba menos triste por lo que había desaparecido entre ella y Adrián y muy feliz por estar libre y en busca de otras oportunidades en la vida. No estaba lista para evitar completamente a los hombres, pero era feliz en ese momento por volver a ser ella misma y gozar del cercano círculo familiar. Estar rodeada por el gozo de Arturo, Estela y el recién nacido Juan Carlos, le llenaba de propósito y sentido. Le daba gran felicidad darles un descanso, y darle atención y amor al más nuevo miembro de la familia, jugando con él, cambiando pañales o siendo la primera en levantarse a media noche para consolar a ese precioso regalo. De alguna manera sentía que tomaría un tiempo antes de que ella tuviera un hijo, si alguna vez sucedía, lo que aparentemente le ayudó a decidir envolverse en la vida y desarrollo del pequeño Juan Carlos.

Algunas noches, yaciendo en la cama, el extraño hombre llamado Albus reemplazaba la imagen del abuelo. Le recordaba a su abuelo, pero éste era más directo. La intrigaba pero también la inquietaba. Su reto en cuanto a su falta de dirección en la vida la había empujado a realizar un auto examen.

Ilaria sabía que la combinación de la pérdida de su abuelo y sus decepciones amorosas, la dejó emocionalmente discapacitados. Adrián y el 'club de la diversión' fueron divertidos por un tiempo, pero quería más dirección en su vida. Tomó algunas decisiones. En el trabajo comenzó a hablar más con los clientes que aparentaban tener mas dirección y amor en sus vidas. Sentía que aprendía de ellos. Adrián había renunciado al restaurante. El rumor era que lo habían descubierto fumando marihuana mientras descasaba en el trabajo y lo habían despedido inmediatamente. Sentía tristeza de que un hombre tan sensitivo y creativo hubiera podido descuidadamente dañar su futuro, pero entendía que la gente tiene que tomar sus propias decisiones. Su resolución era encontrar dirección para su vida. Buscar una oportunidad especial que le diera dirección.

Una vez que sus padres habían abandonado Mazatlán y regresado a Santa Rosalía, Ilaria comenzó a trabajar con su capote y su muleta cada mañana en la privacidad del patio trasero. Quería regresar a aquella fuerza mental y física que sintió después de su entrenamiento veraniego. También hizo una nota mental de prestar atención a Albus.

Ejercitar con su capote en el pequeño patio trasero no era suficiente para satisfacer a Ilaria. Comenzó a hacerlo en el parque cercano. Rafeal que modificó su apariencia para parecer un hombre. Entonces Arturo arregló que pudiera ejercitar con su equipo en la plaza, lo que marcó el retorno de Seve. La historia de que Seve entrenó con Mauricio y que estaba emparentado con él, fue suficiente para que Abraham, el gran Matador, permitiera que la joven ejercitara con los otros miembros de su equipo. Ilaria y Arturo se daban cuenta de que tarde o temprano tendrían que informar a Mauricio de que ellos le estaban dando continuidad al engaño, pero puesto que ella sólo estaba trabajando con el equipo, ninguno de ellos sintió que fuera imperativo hacerlo inmediatamente.

Ilaria sabía que su hermano estaba algo insatisfecho con su profesión. Consideraba que mucho de eso tenía que ver con la frustración natural de todo joven matador lleno de esperanzas. La transición de miembro de la cuadrilla a líder de un equipo, es particularmente difícil, a pesar de que su padre continuaba intentado conseguir para Arturo una oportunidad para destacarse como matador. La muerte de su abuelo dañó sus oportunidades por dos razones. Él perdió la considerable influencia del abuelo, y su muerte trajo grandes responsabilidades sobre su padre, robando tiempo a su trabajo en búsqueda del éxito de su hijo. Trabajando con Arturo, Ilaria comprendió otra razón para la desilusión de su hermano. A pesar de las múltiples funciones de los subalternos que requieren del trabajo común para apoyara a Abraham, el toreo es principalmente un evento individual. Y cada uno de los asistentes de Abraham luchaba por llamar la atención de su jefe. Esto alimentaba una no hablada pero real competencia, un tipo de competencia que presionaba a los toreros para sabotearse mutuamente. Todos los trabajos tienen esto en cierto grado, pero cuando el trabajo impone decisiones que pueden tener consecuencias de vida o muerte, igual que la capacidad de cambiar el estatus y la fortuna de un individuo frente al mundo, las presiones y las tácticas pueden ser brutales.

Ilaria permanecía quieta, no queriendo interponerse en el camino de Arturo y deseando que su femienidad no fuera descubierta. Aún trabajaba en el restaurante por la noche, pero pasaba más tiempo del día alrededor del arte del toreo. Seve era un voluntario sin paga que iba y venía a su gusto. Ilaria pasaba tiempo con los toros siempre que había alguno en los contornos. Amaba sentarse ahí y mirar a esos poderosos animales cuando estaban solos y tranquilos. Para ella era como una forma de meditación. Cuando se sentaba enfrente de esos recipientes de testosterona a punto de ser soltados, se encontraba a sí misma sintiéndose más cerca del abuelo nuevamente. Con frecuencia hablaba con él en silencio.

Abraham gustaba de la forma en que Seve se comportaba.

Era muy quieto y siempre dispuesto a ayudar. También le gustaba que "él" parecía siempre interesado en todo lo que el Matador hacía. Las preguntas que Seve hacía eran de la clase de preguntas que hacen a un hombre sentirse bien; haciendo preguntas que mostraban respeto a sus logros. Cuando Seve preguntaba acerca de técnica, Abraham podía verlo practicando sus instrucciones y explicaciones una y otra vez. Siendo mujer, tenía una extraña ventaja sobre los otros miembros de la cuadrilla. Por naturaleza se sentía ligeramente inferior en ese mundo dominado por hombres. Deseaba mucho más entender que competir. Aún cuando el Matador no conocía su verdadera identidad, él sentía su deseo de elevar sus habilidades y su poco interés en competir con los demás o con él mismo. Por eso, tendía más a abrirse con Seve. Observando esto, Arturo se preguntaba si Abraham inconscientemente sentía alguna atracción por el estrógeno atrapado detrás de la falsa fachada de Ilaria.

"Buena suerte es cuando la oportunidad y la preparación se encuentran," las palabras del abuelo hacían eco en su mente. El día que uno de los miembros del equipo se lastimó, el Matador le preguntó a Seve si podría tomar la posición durante la siguiente gira. Sería por un mes y recibiría paga. Inmediatamente Seve hizo una reverencia a Abraham, como un signo de respeto y también como una forma de permitir que Ilaria tuviera un momento para pensarlo. Al enderezarse de la reverencia, ella dejó atrás todo temor y manifestó confianza y humildad cuando Seve agradeció al Matador el honor que le hacía. Ilaria corrió donde Arturo, llevándolo a una esquina fuera de la vista de los demás.

"¡Dios mío, Dios mío! Estoy loca. No puedo hacer eso."
Hablaba tan rápidamente que Arturo ni siquiera podía
escuchar las palabras, menos entender lo que ella estaba
diciendo.

"Cálmate Seve," ordenó Arturo mientras la agarraba por los
hombros con sus fuertes manos forzándola a calmarse.
"Ahora, toma una profunda respiración, cálmate y dime qué
es lo que está pasando."

Ilaria enfocó sus ojos en su gemelo mientras hablaba.
"Abraham me pidió que tome el puesto de Pancho en la
próxima gira."

El rostro de Arturo se iluminó: "eso es fantástico, Ilaria tu
serás…" La voz se extinguió cuando la realidad robó el
gozo de su cara. "Ay Dios mío."

Sus brazos cayeron de los hombros de ella y el peso de la
situación le hizo bajar los hombros y los brazos yacieron
flácidos a sus costados. Los hombros de Ilaria también
bajaron con la carga de su desesperanza.

Estuvieron sin hablar por un rato mientras una rara nube de
deja vú giraba en sus atribulados cerebros.

"Si no fuera por el problema del género, ¿esto sería algo que
tú quisieras hacer?"

"Sí, yo realmente quisiera hacerlo," respondió Ilaria. "He
aprendido tanto en estos últimos meses practicando con el
grupo. Realmente siento que he empezado a entender todo
lo que Mauricio nos enseñó, especialmente ahora que he

tenido la oportunidad de observar a Abraham y al resto de la cuadrilla durante el último año. Yo amaría tener la oportunidad de ponerme nuevamente mi traje de luces y ejecutar algunos pases disciplinados en frente de un público de aficionados. Me encantaría sentir el poder de la embestida del toro y la adrenalina de sentirlo pasar junto a mi. Incluso disfrutaría sentir el polvo mexicano pegarse en el sudor de mi cara. Oh, Arturo, nada en toda mi vida ha importado tanto como lo que siento cuando estoy dentro del ruedo. Mucho de esos sentimientos ni siquiera puedo explicarlos. Sólo los siento."

Arturo miró a su hermana sorprendido por la pasión que ella sentía y expresaba. Entonces manifestó los pensamientos que habían estado danzando en su cerebro. "Pienso que de alguna manera, cuando estábamos dentro del vientre de nuestra madre, nuestras almas se cambiaron y yo terminé teniendo el cuerpo masculino en el que tú estabas supuesta a estar."

Ella no sabía qué pensar al respecto.

Él continuó: "te escucho, y tengo aún más dudas acerca de mi habilidad de tener éxito en esta profesión. Pienso más y más en lo que no me gusta del toreo en vez de tener el insaciable deseo de aprender y mejorar, como tú. Escucha Ilaria, la última vez encontramos una solución." Arturo empezó a pasearse de arriba a abajo con una mano en la boca, acariciando ligeramente sus labios. Mientras miraba al polvoriento suelo, rebuscaba en su mente creativa.

Ella miraba a su hermano. Su atención fluctuaba de ella a él y el amor que sentía. Sus ojos lo recorrían de arriba a abajo admirando la creativa energía de su amado gemelo. Se preguntaba si su falta de machismo le ayudaba a liberar su imaginación y le permitía pensar con tanta creatividad. ¿O era al contrario? ¿Su gran imaginación le impedía ser un macho?

Arturo tenía una conversación interna. Las palabras empezaban a brotar mientras trataba de organizar sus pensamientos. "Primero y más importante, tenemos el problema de que todos nos vestimos juntos. Tenemos que tener una razón legítima para que tú no estés en esa situación. Probablemente tendrá que ser algo excéntrico, de forma que nadie quiera cuestionarlo. Como… uhmmm… como algo religioso. Tú podrías ser miembro de una pequeña pero apasionada secta del catolicismo que no permite a los miembros exponer sus cuerpos a menos de que sea a sus esposas. Como las mujeres musulmanas… o como alguna otra religión que practique cosas parecidas. Ya has estado vistiendo de forma conservadora para ocultar tu femineidad, así que nadie pensará que la idea está fuera de contexto. "Sí." Continuó Arturo, mientras los niveles de su entusiasmo se elevaban en la medida en que comprendía la viabilidad de la idea. "¡Tus apasionadas y excéntricas creencias religiosas pueden ser traídas a colación cada vez que tengas que evitar algún riesgo de ser expuesta! ¡Sí! Pienso que seria un éxito."

Ilaria entonces comenzó a pasearse y pensar en voz alta. "Eso probablemente afectaría mi imagen ante Abraham, porque podría tomarlo como un impedimento. Pero es la única manera. A menos…." Se detuvo y miró directamente a su hermano. "¿Y si le decimos la verdad?"

"¿Estás loca? ¡No sólo tenemos el problema de que piensan que una mujer invadiendo el terreno masculino es un sacrilegio, si no que nos vería a los dos como mentirosos y seguramente me mandaría a empacar tan rápidamente como te ordenaría a ti marcharte!"

"A lo mejor sólo tengo que decirle no. Yo no quiero ponerte en ningún tipo de problema. No podría vivir si me interpusiera entre tú y tu profesión. Me odiaría a mi misma si alguna vez te causo daño a ti o a tu familia. Estela y el pequeño Juan Carlos significan para mi más que cualquier cosa en el mundo."

"No tenemos que llegar a eso," dijo Arturo. "Es sólo por un mes. Con tal que lo hagamos inteligentemente no tendremos nada de qué preocuparnos. Y yo hasta podría afirmar que también fui engañado." Él realmente no creía eso, pero no quería aumentar las dudas de su hermana. Quería darle seguridad. "Me gustaría tenerte a mi lado en esta gira. Honestamente, sólo es que realmente no me gusta ninguno de los otros muchachos. Todos están llenos de machismo. Cuando viajamos sólo piensan en perseguir mujeres mientras yo siento el dolor de extrañar mi familia. Sería tan bueno poder estar a tu lado. Con sólo tenerte alrededor mío estas ultimas dos semanas has realmente ayudado a mi espíritu. Estaba pensando en renunciar."

Ilaria contuvo algunas lágrimas y tuvo el gran deseo de abrazar a su gemelo. Después de mirar a su alrededor para asegurarse de que nadie los estaba viendo, se conformó con darle un tierno beso en la mejía. "Me encantó estar inmersa en todo esto, Arturo. Como sabes, me estaba sintiendo un poco perdida después de la muerte del abuelo. Estar cerca de ti, de los animales y de la gente trabajando arduamente por algo, me ha dado una sensación de propósito de nuevo. Ya me siento mucho mejor con relación a mi misma. Sé que es una ilusión y que no puede durar, pero tampoco quiero renunciar."

Decidieron consultarlo con la almohada. Cuando iban abandonando la plaza, Ilaria lanzó una mirada a los observadores cotidianos que estaban en los palcos. Miró hacia un hombre viejo y pronto comprendió que era Albus. "Arturo, ¿has visto a ese viejo aquí antes?"

"Sí. Está allí todo el tiempo."

"Mierda," espetó Ilaria. "Él me conoce, el conocía al abuelo muy bien. ¿Recuerdas? Es el viejo que el abuelo nos presentó en la Fiesta para Jóvenes."

"Oh sí," exclamó Arturo mientras miraba al todavía desaliñado viejo. "¿Pero estás segura de que es el mismo viejo?"

Albus no cambió su expresión. Permaneció sentado e inmóvil.

"Sí" confirmó. "Me lo reencontré en un bar, como mujer. ¡Como tu hermana!"

"¿Piensas que sabe que Seve eres tú?"

"No lo sé, pero seguramente podría destapar todo este asunto si lo supiera."

Ilaria tuvo sueños que la hicieron dormir muy poco. Soñó con gente rasgando sus ropas y riéndose de ella. Caras fantasmagóricas flotando frente a ella. Caras que la miraban con sorna. Algunas se reían de ella. Soñó que Albus caminaba hacia ella en medio de un estadio abarrotado de gente y rasgaba su blusa dejando al descubierto sus pechos, señalándola y llamándola mentirosa, impostora. Esto hizo que todos en la multitud también la señalaran y le lanzaran improperios. Cuando finalmente salió de su cama cubierta de sudor, por la mañana, había decidido que tenía que terminar con esa situación, encontrar a ese hombre y saber si él sabía lo que ella estaba haciendo.

Se puso alguna ropa y se dirigió a la calle a rastrearlo. Decidió empezar su búsqueda en el bar donde lo había encontrado. Caminando hacia el sitio comprendió que era afortunada por el hecho de que nunca le dijo a nadie de sus aventuras como torera. No le dijo a nadie en el restaurante, nunca lo trajo a colación con ninguno de los miembros del 'club de la diversión', ni siquiera se lo dijo a Adrián. En retrospectiva, pensó que era muy extraño. Se preguntaba si era solamente que fue natural conservar la mascarada en secreto, o ella muy en el fondo sabía que Seve iba a reaparecer.

Primero se sintió desorientada. El bar parecía diferente a la luz del día. Y no había estado ahí en mucho tiempo. Buscó a alguien a quien pudiera preguntarle por el viejo.

Era como si nunca se hubiera ido. Lo encontró estirado en una esquina, aparentemente durmiendo. Su mano derecha cubría pacífica y reverentemente su mano izquierda encima de su estómago. El sombrero ladeado sobre los ojos para proteger sus sueños de la realidad de la luz del día.

Cuando ella se aproximaba, su mano derecha lentamente asió su sombrero. Él entonces levantó ligeramente el sombrero, haciendo un gesto de saludo.

"Hola viejo. ¿Es aquí dónde duermes?"

"Yo duermo dondequiera que el destino me lleva."

Ilaria no tenía un plan. No tenía la habilidad de Arturo para imaginar un escenario total y planear los mejores resultados. Su temperamento era impaciente y generalmente la lanzaba de cabeza en cualquier situación. Entonces, para bien o para mal, sólo reaccionaba sin mucho temor, igual que reaccionaría ante cualquier clase de toro que enfrentara.

"¿Qué otra cosa te gusta hacer aparte de estar en los bares?" Preguntó Ilaria.

"Lo más interesante que se me presente en cualquier momento."

Ella tuvo la sensación de que esto iba a ser difícil.

"¿Bueno, como qué?"

"¿Por qué me preguntas?"

"¿Siempre vas a contestar mis preguntas con otra pregunta?"

"No."

Él tenía una extraña sonrisa en su rostro que ella no podía interpretar. Decidió que tenía que ser más directa. "Por ejemplo, ¿te gusta mirar torear?"

"Bien. Me divierte que menciones eso porque yo he tomado un particular interés en eso últimamente."

Ilaria continuó ahora nerviosamente: "¿y eso por qué?"

"Me ha gustado observar a tu hermano."

"¿Conoces a mi hermano?"

"Bueno, no exactamente. Nos conocimos brevemente. Disfruté viéndolo torear en La Fiesta de Toreo para Jóvenes con tu abuelo."

"¿Y es por eso que has venido a interesarte más por el toreo últimamente?"

"De alguna manera," respondió Albus. "Pero no fue esa la razón por la que vine a estar tan intrigado."

"No fue…" Comentó Ilaria, quien supo que no debía continuar, pero ya no había manera de parar. "Qué te hizo… ¿cómo lo explicaste?... ¿sentirte tan intrigado?"

"Siempre me ha gustado el aspecto histórico del toreo. Especialmente la forma en que el gran matador se ha construido sobre el arte de su predecesor. El arte de la faena ha evolucionado hacia un interesante ballet de pases, lo que conecta cada corrida con el pasado y nos reta a pensar en el futuro. Sin embargo parece que estamos alcanzando el tiempo en que los únicos cambios que quedan para el futuro, son cambios que restan la belleza de el arte. Estaba comenzando a aburrirme del espectáculo de testosterona, porque la gracia y el arte parecían esfumarse. Pero ver a un joven y elegante torero moverse con tanta gracia, es algo que yo encuentro inspirador." Albus entonces volvió su vieja pero intensa mirada directamente sobre Ilaria. "Pero claro, lo que realmente me intrigó fue saber que ese joven torero era el opuesto del hombre macho torero, de que en efecto era una mujer."

Ella miró al viejo. Había sentido desde el momento en que empezó a hablar con él que conocía su secreto. De hecho, ella lo comprendió en el momento mismo en que miró hacia los tendidos y lo vio ahí, mirándola. Sólo que ella no lo aceptaba hasta el momento en que las palabras salieron de la boca del viejo. Todavía no entendía cómo él podía ver esto como intrigante, cuando toda otra persona que ella había encontrado se mostraba profundamente turbada por el concepto de una mujer en este tradicionalmente mundo masculino.

"Tú sabías que era yo cuando el abuelo nos presentó en el Toreo de Jóvenes," concluyó Ilaria.

"No exactamente. Sabía que tu abuelo tenía dos nietos, pero no los había conocido antes. Cuando nos presentó supe que algo estaba pasando. Supe que no eras exactamente lo que me estaban presentando. No dije nada a tu abuelo, pero al final del día ya lo había figurado. Desde entonces he sentido mucha curiosidad de ver si lo intentarías de nuevo."

"Abraham me ha invitado a unirme a la cuadrilla para su próxima gira," dijo Ilaria sin emoción.

"Bueno, no me pareces demasiado entusiasmada con ello."

"Es muy obvio el por qué sería difícil de hacer."

"¡Ah sí! El hecho de que tienes que esconder esos pechos y el de por qué los tienes," comentó Albus con una sonrisa en su rostro.

"Tú puedes pensar que es divertido," añadió la irritada joven. "Pero en realidad gozo toreando y apreciaría una oportunidad de ser parte de una corrida profesional."

"Sí. Yo sé que lo disfrutas. Y eres una natural del toreo. Es por eso que he estado tan intrigado. Si fueras en realidad mala, no serías más que una niña tonta haciendo algo que no le conviene." Con esto Albus estiró sus brazos y puso sus manos sobre los hombros de Ilaria mirándola con una de sus profundas y penetrantes miradas. "Ilaria, hay gente muriendo en todo el mundo ahora mismo. Hay mucho más serias cosas de qué preocuparse que no sea engañando a unas cuantas personas acerca de tu género. ¿Tienes algún plan? Tal vez yo puedo ayudar."

Ilaria le habló de los planes de Arturo, de hacer creer que tenía creencias religiosas excéntrica. Albus le llenó la cabeza con hechos religiosos, tanto históricos como actuales. Construyó la confianza de ella dándole una base intelectual a su engaño. Ella no confiaba plenamente en el hombre, sin embargo estaba completamente sorprendida por su increíble conocimiento y lo que parecía ser un genuino deseo de ayudarle. Pero aún así tenía que preguntar lo obvio: "¿Realmente vas a apoyarme para hacer esto, como tú dices?"

Albus hizo una pausa momentánea para dar más fuerza a sus palabras. "Primero que nada, tu abuelo significó mucho para mi. Tiempos atrás él me ayudó en más de un predicamento. Verás. Yo no he vivido una vida muy convencional. En México, la gente como yo recibe mucho escarnio por el hecho de ser diferente. Hay gente que siente que alguien como yo, alguien que está siempre dispuesto a desafiar el 'status quo' es un peligro para sus vidas tan cuidadosamente trazadas. Y aparece esta joven mujer que está desafiando ese 'status quo' más allá de la imaginación de la gente…."

"Yo no estoy tratado de desafiar nada," expresó preocupada Ilaria. Bajó su voz para asegurar que nadie la escuchara. "Sólo deseo torear."

"Entiendo tu premisa," dijo Albus con una risita. "Pero tú preguntaste acerca de mi sinceridad en este asunto y yo estoy explicándote de qué forma te veo: como una manifestación de todo aquello por lo que yo he estado luchando los últimos 72 años de mi vida."

Albus entendió que la estaba confundiendo un poco. "Pero

tranquilízate hija mía. Yo sólo seré un recurso para cualquier ayuda que necesites. Al menos tendrás a otra persona a tu lado. No solamente estoy a favor de tu empresa filosóficamente, si no que también haría cualquier cosa que estuviera en mi poder para proteger a la nieta de Prisciliano Oniveres."

CAPITULO 21

No hubo problema para que Arturo y su hermana fueran alojados en el mismo cuarto, y el vestirse dejó de preocuparle porque simplemente se escabullía a una área privada y se vestía ella misma. Siempre envolvía sus pechos antes de dejar el cuarto y sus largas y delgadas piernas hacían relativamente fácil ponerse el pantalón de torero. Se divertían grandemente cuando jugaban con los diferentes tamaños del relleno que aplicaban a su entrepierna.

Arturo manejó la situación lo mejor posible de forma que no atrajera atención sobre Ilaria. Antes de que ella partiera, Albus les había dejado algún material de lectura sobre el Misticismo en el Catolicismo Mexicano. Como Ilaria, Arturo todavía abrigaba dudas acerca del, en algún modo, extraño personaje, pero estaba muy feliz de tener a alguien más de su lado, especialmente alguien a quien su abuelo tuvo tan gran cariño.

"Creo que Seve es solamente un poco tímido. También tiene algunas creencias religiosas que son únicas," explicaba Arturo siempre que sus amigos le preguntaban acerca de las extrañas apariciones y desapariciones de Seve. Todos los miembros de la cuadrilla de Abraham ya se habían acostumbrado al muchacho, y le reconocían como un individuo quieto y modesto. Así que al menos inicialmente parecía no haber problema para Ilaria y Arturo. Primero estuvieron en Monterrey. Todo estuvo muy bien allí. Torearon frente a un buen público y Abraham fue premiado con una oreja por su trabajo con un toro muy agresivo de la ganadería de Ramírez. Ilaria hizo su trabajo de forma muy conservadora, porque no quería pisar sobre los pies de alguien ni en forma física ni figurativa.

La siguiente parada fue Tijuana. Ilaria había escuchado muchas cosas acerca de esa ciudad fronteriza. No sabía qué esperar. Estarían allí alrededor de dos semanas. El primer fin de semana torearían en la arena cerca de la playa, y el siguiente en la vieja Gran Arena en el centro de Tijuana. El tiempo libre era siempre una aventura. La mayoría del tiempo usaba solamente ropa de Arturo. Cuando llegaron a Tijuana, ya se había acostumbrado a 'ser un hombre' diariamente. Estaba muy emocionada por viajar y ser parte de algo especial y porque su charada no le había causado problemas aún. En ocasiones deseaba emitir un grito femenino o una risa, pero cada día era una nueva experiencia, tanto que ya había dejado de pensar en su género. Claro que tenía que mostrar una fuerte disciplina en la forma en que se presentaba a sí misma, pero disciplina ya era una necesidad de vida o muerte para un torero. Para Ilaria todo se reducía a tener éxito en este nuevo mundo. Una falla aquí podía significar muerte o desabilidad para ella o su hermano. Recordaba y repetía las palabras de su maestro Mauricio: "la principal diferencia entre el novillero y el matador es que aunque ambos se enfrentan con el mismo misterio, el toro, el matador sabe como disimular sus dudas y defectos, mientras el novillero no a aprendido todavía a lucir seguro cuando no lo está, a escribir su libreto en el aire mientras proyecta a la multitud la impresión de que ese libreto estuvo siempre en su bolsillo." Ella escribía su libreto desde el momento en que se levantaba hasta el momento en que finalmente su cabeza tocaba la almohada cada noche. Las primeras semanas de gira, Arturo revisaba las acciones de Ilaria con ella. Hablaban cada noche acerca de torear y de cómo representaba su papel de hombre.

Decidieron la forma en que ella hablaría, sus gestos, cómo y cuando reiría, y claro, cualquier demostración de emociones ya no era una posibilidad. Durante esas semanas crearon un retrato de la personalidad de Seve. Él estaba, en efecto, viniendo a ser una persona, un hombre habitando el cuerpo de una mujer. La primer corrida de la gira en El Monumental de las Playas, el relativamente íntimo ruedo en la comunidad playera de Tijuana, no se dio tan bien. El público fue escaso y los toros de muy poca calidad. Esto dejo a Abraham de mal humor. Estaba furioso con todo el equipo. En vez de salir a celebrar, se encerró en su cuarto con una botella de tequila. Todos se hospedaban en el Hotel España ubicado sobre la concurrida y turística Avenida Revolución. No solamente el Hotel España era relativamente nuevo y espectacularmente limpio, si no que también le gustaba porque su restaurante favorito, La Placita, estaba al cruzar la calle, y dos edificios más abajo estaban los masajes "Viva Mex." No había nada como un masaje profundo para un matador viajero.

Antes de que Ilaria y Arturo salieran para cenar, fueron al Viva Mex y persuadieron a Daniela con una magnífica propina para que el próximo lunes, que era su día libre, viniera al Hotel a darle a Abraham su masaje. Él le llamaba 'Danielo' por causa de su fortaleza. Era su favorita no sólo porque tenía los codos más penetrantes de todo Tijuana, si no que también era muy cómica. Un masaje con Daniela siempre dejaba al Matador de muy buen humor.

La neblina rodaba, envolviendo a la ciudad, domesticando deliciosamente el calor Mexicano. Los Mexicanos en realidad se mudaban a Tijuana por el clima. Teniendo neblina como en la mayor parte de California, a menudo era una bendición, especialmente porque era atraída por el excesivo calor. Como estaba frio, y los dos hermanos estaban cansados, cruzaron la Avenida Revolución y ocuparon sendas bancas en el bar de tortillas del restaurante La Placita. Gidelina estaba trabajando, como lo ha hecho cada día, por lo menos 10 horas, haciendo tortillas frescas. A su derecha, Miguel trabajaba en la gran parrilla, asando pollo, carne y cebollas verdes. Arturo ordenó algunos tacos y su hermana pidió una quesadilla, servidos por una jubilosa teresa. La mayoría de las noches los hermanos estaban solos. Ilaria ahora entendía por qué Arturo se sentía tan solitario antes de que ella se uniera al grupo. El resto de los componentes de la cuadrilla eran hombres solteros que gustaban de salir de parranda en la ciudad. Especialmente en Tijuana donde la tristemente célebre sección conocida como "El Norte," con sus clubes de nudistas y prostitutas estaba muy cerca. Fue en Tijuana que el abuelo de los gemelos inició su pleito con el padre de ellos cuando lo encontró muy borracho en compañía de dos prostitutas. Pero ellos no conocían los detalles que los habían alejado, ni les importaba lo que los otros miembros de la cuadrilla pudieran estar haciendo. En realidad se sentían agradecidos de tener ese tiempo para ellos. Era un gran alivio tener menos presión en conservar la mascarada de Ilaria. Ambos estaban tan cansados que comieron en silencio. De alguna manera las corridas que no iban tan bien parecían requerir el doble de energía de las que si salían bien. Mientras Gidelina estaba hablando a Seve acerca de sus ocho niños, Arturo miró hacia arriba y vio que algún artista había inmortalizado a Gidelina y a Miguel en una pintura. En ella Gidelina mostraba su grande y cálida sonrisa y la gran mano izquierda saludando a cualquiera que sea lo suficientemente observador como para notarlo. Arturo sentía ahora el familiar dolor de extrañar a su esposa y a su hijo. Deseó abrazar a su hermana. En vez de eso puso cadenas en las lágrimas que estaban formándose y se conformó con dar a Seve unas cuantas palmaditas en la espalda.

El lujo de estar en la misma ciudad por casi dos semanas, dio a los toreros más tiempo libre de lo usual. Ilaria caminó mucho. Primero disfrutó caminar de arriba a abajo por la Avenida Revolución mirando la mercancía en las aceras de las tiendas. Una vez que comprendió que estaba más interesada en cosas como joyería femenina, y que no se sentía como para estar jugando el 'oh, es para mi novia', ella comenzó a dirigirse hacia las afueras. Caminó hacia el distrito de el Rio con su centro cultural y sus altos edificios comerciales cubiertos de cristal. Disfrutó de un café latte en un agradable sitio llamado 'Buzz'. Se sentó afuera y vio los carros girando en la rotonda que encierra la estatua de un distinguido y barbudo personaje. Preguntó a una de las jóvenes que servían el café quién era el personaje en la broncínea estatua. Abraham Lincoln, le respondió, con un tono que claramente denotaba que no sabía nada más acerca de él. El nombre le sonó familiar, pero eso fue todo. A su regreso al Hotel descubrió el mercado al aire libre llamado Mercado Hidalgo. Se empapó de los deliciosos aromas y de la fiesta de colores. Por un momento deseó ser una artista para plasmar la inspiración que el mercado le producía, en su propio lienzo.

La noche anterior a la corrida en las Playas, Ilaria se escabulló del plaza de toros y se dirigió al punto la mayor parte noroeste de México. Se sentó en una larga banca y contempló la línea de olas que llegaban desde las costas de Estados Unidos. En la distancia pudo ver la silueta de la ciudad de San Diego. Viendo por primera vez, aún a esa distancia, una ciudad de otro país, emocionó a la joven, lo que le produjo una poderosa energía nerviosa muy dentro de ella. Parecía estar relajada sentada y mirando a través de la gran barda de metal que define la línea. Pero si uno miraba hacia abajo, sus pies estaban saltando de arriba hacia abajo. Finalmente se tuvo que sentar porque no podía permanecer quieta.

Todo era todavía tan nuevo para Ilaria que cada vez que entraba a una arena, sentía una increíble reverencia y gozo. Después de la corrida en la más pequeña y relajada atmósfera de Las Playas, entrar a la enormidad y estatura de la plaza del centro de la ciudad, El Toreo de Tijuana, le proporcionó un sentimiento completamente diferente. Había cierta grandeza y seriedad en ese lugar. Abraham era el menos observado de los matadores que iban a torear ese día. Pero estaba muy enfocado. Su concentración era intensa. Había trabajado en sus confiances muy duro durante la semana y tenía bien claro que esta era una corrida muy importante para él. Abraham estaba nervioso. Ilaria y Arturo estaban nerviosos por sí mismos y por Abraham. La plaza estaba llena, el público vociferante y la competencia era feroz. Yendo de primero, el menos conocido Abraham impuso un tono competitivo con su primer toro. Después de una serie de pases alternados entre fuertes y regulares, él supo que necesitaba algo para mantener a la multitud pegada a él.

Abraham ordenó a Arturo y a Seve trabajar al toro juntos con alternativos movimientos del capote, altos y bajos, para forzar el cuello. Cuando el matador sintió que el animal estaba en su punto óptimo de fatiga y furia, dramáticamente despidió a los subalternos y pateó un poco de polvo mientras desplegaba su capote, atrayendo al encendido toro hacia él. Esperó hasta que la bestia estuvo casi encima de él, fue entonces que se dejó caer de rodillas ejecutando un 'farol', haciendo girar la capa sobre su cabeza y la del toro. El cuerno pasó a sólo pulgadas de su cabeza pero él permaneció de rodillas, giro sobre sí mismo y dirigió al toro en sentido opuesto. Mientras éste se aproximaba, agitó la parte baja del capote para confundir al animal, hizo saltar el capote al mismo tiempo que su cuerpo fuera del camino de toro que embestía y se puso de pie en lo que parecía ser un sólo movimiento. El público explotó en 'olés'. Ilaria tuvo que reponerse; comprendió que la excitación y el miedo generado por el matador la habían hecho bajar sus brazos y soltar el capote. Seve levantó de nuevo sus brazos hacia la posición de torero, pero rompió el protocolo al dirigir su propia andanada de 'bravos' a Abraham. Mientras el matador agradecía a la multitud, Seve brillaba con gozo por estar tan cerca de la más valiente y hábil maniobra que jamás haya visto. Después de estos atrevidos movimientos con el primer toro, los otros matadores y sus cuadrillas trataron a Abraham y a su equipo fríamente, pues sentían que su valentía había sido desafiada. Los comentarios fueron favorables para Abraham. Fue la primera vez que Ilaria y Arturo eran mencionados por su parte en preparar el terreno para el matador. Fue un gran final para su gira. El viaje a casa estuvo lleno de sonrisas y carcajadas.

CAPITULO 22

El equipo tuvo algunos días libres antes de comenzar a entrenar arduamente para la siguiente gira. Él éxito de la última corrida les presentó algunas oportunidades más de las que Abraham estuvo ansioso de dar seguimiento. Mientras él trabajaba por el futuro de su cuadrilla, ellos tenían tiempo libre. Ilaria se tomó un día para caminar alrededor de Mazatlán como una mujer. Tuvo un tiempo maravilloso entrando y saliendo de las tiendas mirando cosas de mujer. No compró nada para ella, no le parecía correcto. Pero compró un regalo para Estela y un par de cosas para el bebé, quien había engordado unas cuantas libras en los meses en que ellos estaban lejos. Arturo y Estela parecían estar pegados el uno al otro desde que el regresó, lo que le dio a ella un incentivo adicional para pasar el día fuera de casa.

Almorzó en el Café París, el mismo donde Adrián había dado inicio a sus románticas aventuras. Se sentó sola en una esquina del patio exterior. Vio otras parejas comiendo. Algunas mostraban el estilo de personas de negocio; otras parecían tener problemas manteniendo las manos alejadas del otro. Pensó acerca de su ahora fenecida relación con Adrián. Recordó cómo él la miraba cuando la deseaba y cuán maravilloso fue tener alguien con quien hablar, alguien con quien compartir sus secretos. Recordó lo que sentía al tener alguien que la tocara de la forma en que él lo hacía. Sus ojos empezaron a humedecerse así que se concentró en algunas memorias de cómo sus palabras progresivamente se habían equiparado a sus acciones. Pensó acerca de cómo él lucía cuando estaba drogado, cómo estaba ahí, pero realmente no estaba. Cómo ella podía estar con alguien y sentirse más sola que cuando estaba a solas. Este pensamiento detuvo sus lágrimas, evitando que arruinaran su apetito. Ilaria empujó el resto de su almuerzo a un lado y pidió a la mesera un Cappuccino. Este acto impensado en realidad la hizo sentir mejor. Comprendió que sólo un año atrás ni siquiera sabía lo que era un espresso, que menos un café latte o un cappuccino. No sólo estaba viviendo en una grande y cosmopolita ciudad mexicana, si no que había viajado a varias ciudades grandes y toreado en frente de miles de espectadores. ¡Bueno! Al menos Seve lo hizo. Su mente giró a pensamientos de estar con un hombre. Ideas conflictivas giraron en su mente. ¿Podría ella amar a alguien? Comenzaba a sentir como que podía comenzar a enamorarse de Adrián cuando él comenzó a desilusionarla. Y toda esta farsa de pretender ser un hombre no estaría extrayendo su femineidad tanto que no sólo dejaría de ser atractiva para un hombre, ¿si no que podría hasta dejar de desear a un hombre? Este pensamiento fue demasiado. Puso sus temores a un lado y tomó un largo sorbo de su espumoso café. Al poner su taza sobre la mesa, notó a un hombre muy guapo de aproximadamente cuarenta años sentado sólo. Supuso que era un médico tomando un breve descanso porque ni siquiera se había molestado en quitarse su casaca blanca de doctor. En uno de esos atrevidos momentos de Ilaria, tomó su cappuccino, caminó hacia él y preguntó: "¿puedo hacerle una pregunta doctor?"

Una gran sonrisa salió de su amable rostro y contestó "por supuesto, siéntese por favor."

"Este puede no ser su campo de experiencia, pero yo sé que los doctores van a la escuela por mucho tiempo, y que ustedes están supuestos a saber muchas cosas," ella estaba teniendo problemas en encontrar las palabras adecuadas para lo que quería saber.

El médico dijo: "algunas veces eso puede trabajar en nuestra contra, quiero decir que si uno piensa que sabe mucho puede olvidar escuchar."

Haciendo caso omiso de ese humilde comentario, ella

inmediatamente fue al tema que le preocupaba. "¿Usted sabe o conoce de gente que cambia físicamente si piensa y actúa en una extremada forma por un largo período de tiempo?" Comprendió que no se estaba explicando, y súbitamente se sintió incómoda, especialmente cuando notó que el doctor estaba mirando los moretones en sus brazos.

Sintiendo su súbito nerviosismo el médico desvió sus ojos de los brazos de Ilaria y trató de sacarla de su incomodidad. Tomó control al elaborar acerca de lo que ella había dicho. El entrenamiento de médico se despertó. Él supo que esa era la forma de saber lo que ella realmente quería saber. "Hay ejemplos asombrosos de gente sanándose a sí mismas usando el poder de la mente. Igual que he visto gente deteriorándose al abandonar toda esperanza, o dañando sus cuerpos al internalizar malos pensamientos." La estaba observando muy de cerca mientras hablaba. Cuando ella volvió su cabeza hacia otro lado, el doctor comprendió que no estaba en el camino correcto. "Pero no es eso lo que querías decir, ¿no es cierto?"

Ella buscó las palabras que le permitieran hacer la pregunta sin delatarse. "Digamos que un adulto sale al mundo y actúa como un adulto normal por varios años. Luego esa persona consigue un trabajo jugando con niños todo el día y todos los días. ¿Eventualmente esa persona encontraría dificultad en actuar como adulto cuando esté rodeado de otros adultos?"

El doctor no pudo contener una ligera y cálida risita al visualizar la pregunta. Pero se recuperó rápidamente.

"Tienes razón en que ese no es mi campo, generalmente reparo cortadas y quebraduras en el cuerpo físico, no en el emocional o sicológico, pero es la pregunta más interesante que me han hecho en mucho tiempo. Es claro que no sabemos mucho acerca de la mente y su poder sobre nuestro universo, mucho menos cómo puede estar en realidad conectado a un mundo más amplio que nuestra existencia física diaria." Entendiendo que se estaba poniendo muy filosófico, trató de retomar la pregunta de ella tan directamente como fuera posible. "Para contestar tu pregunta en lo mejor de mis limitadas habilidades en esa área, yo diría que si. Si alguien se transforma intensamente en algo, esto puede dificultar otras habilidades. Cualquier habilidad que él o ella haya adquirido, podría ser extraída y difícil de recordar en el futuro. O la gente puede no aprender nuevas cosas tan fácilmente si continúa en una especie de mundo artificial como la persona que describes." La estudió y comprendió que había acertado en su respuesta, pero que probablemente eso no era exactamente lo que ella quería escuchar.

"Qué pasa si nuestro adulto reconoce que estaba siendo muy infantil, que estaba teniendo problemas en tratar con adultos, ¿especialmente cuando se habla de romance?"

El doctor notó que la mención de la palabra romance había perturbado a la joven de una manera particular, por tanto su respuesta tuvo que ser adecuada a esa parte de la pregunta en vez de una respuesta directa. "Este es un buen ejemplo para comentar. Porque pienso que entre mejor él es jugando con los niños, mayores son las dificultades que puede tener al tratar con los adultos. ¿Y qué es más adulto que el romance?" Entonces, tras una pausa añadió: "y la ironía de todo esto es que nosotros a menudo actuamos mucho como niños cuando se trata de romance."

Esto los hizo reír a los dos y la cara del doctor se puso roja cuando se ruborizaba ante tal comentario a una bella joven. Durante este intercambio Ilaria tuvo oportunidad de mirar largamente al hombre sentado enfrente de ella. Fue entonces que se dio cuenta de que no lucía muy mexicano. "¿Es usted de México?"

"Nací en los Estados Unidos. Mi madre es norteamericana y mi papá es mexicano. Mi familia vino a México cuando yo tenía cinco años y permanecí hasta la secundaria. Entonces fui a Estados Unidos al colegio y a la escuela de medicina. Después de practicar en los Estados Unidos por un tiempo, decidí retornar a México. Así que me considero mexicano y americano."

Ella pensó en su momento en Las Playas, cómo se sintió ansiosa cuando miraba Estados Unidos al otro lado de la valla.

Ya que había llegado tan lejos, Ilaria quería un poco más de información acerca de ese hombre al que ahora veía no sólo como hombre de conocimiento si no también paciente y de mente abierta. "¿Piensa que sería difícil para nuestro sujeto revertir el proceso de forma que pudiera funcionar mejor como adulto?"

"Quizás ésa es la pregunta más interesante de todas,"

comentó el doctor. "Claro que esto se escapa de mi experiencia como ortopedista, o de cualquier otro doctor. Probablemente es más una pregunta para un filósofo."

Ilaria pensó en Albus y supo que a él le encantaría hablar de ese tema.

El doctor continuó: "tal vez uno de los más grandes retos en la vida es saber cuándo perseguir algo intensamente, porque es natural o es una gran oportunidad para nosotros. Y cuando lo hacemos, tarde o temprano comprendemos que hay precios que pagar por semejante compromiso. Como doctores aprendemos eso muy pronto en la escuela de medicina. Y tal vez aún las más rudas opciones están dejando escapar suficiente de algo en lo que somos muy buenos o con lo que nos identificamos, de forma que podamos disfrutar otros placeres. Sería una dura decisión para nuestro hombre, porque a este punto él probablemente a llegado a ser tan bueno jugando con los niños, que ellos y sus padres realmente valoran lo que hace. Y para funcionar mejor como adulto, probablemente tendrá que renunciar a su compromiso con los niños. Una dura decisión." Ambos quedaron perdidos en sus propios pensamientos. "Ahora que me haces pensar en eso, comprendo que ese dilema es uno de nuestras más interesantes situaciones como humanos. Si has visto tantas películas como yo, también sabrás qué tan frecuente esa trama se trata de forma encubierta. Como las películas en las que ves cómo alguien es puesto en una situación no planeada, tales como un adulto sin hijos siendo forzado a criar el hijo de alguien más. O alguien traído de un pueblo pequeño y lanzado a una ciudad grande. Y lo que es quizás lo más interesante, cómo su inocencia e ignorancia afecta a aquellos que les rodean. Me gustan las películas en las que por alguna razón, un hombre tiene que pretender que es una mujer, o una mujer pretender que es un hombre." A pesar de sentir alguna incomodidad adicional, el doctor continuó: "lo que me gusta de ese tipo de situaciones es la forma en que ilustran lo ignorantes que somos. Especialmente en lo que se refiere a otras culturas y al sexo opuesto."

A este punto el galeno se estaba acercando demasiado al motivo de su preocupación, por lo que Ilaria se levantó, extendió su mano para estrechar la de él y dijo gracias y adiós. Y sabiendo que ella se sentiría mejor hablándole como a un extraño, él no le preguntó su nombre pero extrajo una tarjeta de presentación de las que portaba en su gabán de médico y se la entregó. "Ha sido un placer, aunque no tengo idea de si he sido de alguna ayuda. Si alguna vez necesitas la ayuda de un Ortopedista, bueno, soy mucho mejor en eso." Cuando ella dio la vuelta y se alejaba, el doctor sintió un poco de emoción y un poco de culpabilidad por sentirse atraído por alguien tan joven, pero rápidamente hizo a un lado el sentimiento y simplemente gozó el haberse conectado por un momento con una joven y atractiva mujer. Reflexionando en ese extraño encuentro, se preguntaba cuál era realmente su pregunta y cómo había obtenido los moretones en sus brazos.

Ilaria se alejó apretando en su mano la tarjeta del galeno. La miró rápidamente y leyó 'Scott Valdez, MD'. Pensó que su nombre era una mezcla de sus dos culturas. Miró hacia atrás por encima de su hombro y correspondió a la cálida sonrisa que él le dirigía. Caminó aún más confundida que antes de que hablara con él. Para comenzar no podía creer que había sido tan atrevida como para acercársele. Concluyó que se sentía más cómoda con hombres mayores, como el abuelo, como Albus. Sintió atracción por él, algo acerca de sus conocimientos y su humildad que ella encontraba atractivo. De Rafeal, fue su popularidad y su auto confianza lo que capturó su atención, y con Adrián, ella no se sentía atraída hacia él inicialmente, él se la ganó con su creatividad y afecto. La mente de Ilaria regresaba al dilema original que la sacó de su asiento para hacerle la pregunta al doctor. Para ser una buena torera tendría que renunciar a algo, ¿si no prácticamente a toda su femineidad? Este pensamiento era tan avasallador que lo sacó de su mente y se dirigió a casa, donde sabía que su capote y muleta estaban siempre listos para saltar a sus brazos. Esto ella lo entendía, al toro lo entendía, el resto tendría que arreglárselas sólo.

Había acordado reunirse con Albus e informarle acerca de la gira. Ya él había hablado con Arturo y había además enviado felicitaciones para ambos, porque había visto la segunda corrida de Tijuana por televisión, y estaba muy complacido de la manera en que prepararon al toro para Abraham y por la forma en que se comportaron los dos en términos generales. Arturo también habló con el padre de ellos, y supo que había estado en Tijuana y estaba muy complacido por la forma en que su hijo estaba progresando. Arturo y su padre hablaron cerca de una hora por teléfono mientras su padre analizaba la corrida entera para su hijo. Ilaria, por primera vez, a pesar de su pasado con su padre, se sintió envidiosa de la relación entre ellos. Cuando Arturo colgó se aproximó a ella con una sonrisa irónica, lo que la obligó a preguntar: "¿qué, qué es tan divertido?"

"Papá me dijo que continúe ayudando a Seve y que le dijera que trabaje en su concentración." La sorpresa de que su padre estuviera enviando consejos a su hija, de quien pensaba era sólo un pariente de Mauricio, dejó a Ilaria confundida. Como no respondiera inmediatamente, Arturo continuó: "dijo que le recordara a Seve constantemente que no importa cuán talentoso alguien es, el desastre está siempre a unos segundos de distancia en cada corrida." Los ojos de Arturo e Ilaria se encontraron y ambos comenzaron a reír.

Cuando Ilaria se sentó junto a Albus, se preguntaba a sí misma por qué se sentía tan mal. Comprendió que todavía se estaba sintiendo ligeramente conturbada acerca de la conversación con el doctor y que le costaba entender completamente la realidad de su situación. También comprendió que no sentía ningún deseo de hablar de ello en este momento a pesar de que sabía que Albus estaría encantado de hablar al respecto.

El normalmente estoico Albus se veía exultante de vigor. "¡Ah! Ilaria, ¿qué le has dicho a la gente acerca de tu cobertura, tus especiales creencias religiosas?"

"Nada, y es bueno verte también," respondió ella con muy poco entusiasmo."

La expresión excitada de Albus desapareció de su rostro

cuando entendió que la muchacha se encontraba de mal humor. Lentamente situó su silla cerca de la de ella. La muchacha miraba hacia el suelo. Albus se sentó a su lado y una de sus viejas pero fuertes manos gentilmente se deslizo por la barbilla de la joven y le levantó la cara de forma que pudiera verla a los ojos. "¿Qué ha pasado? ¿Todo está bien en tu familia?"

Ella miró a la preocupada cara del viejo. "Nada pasa."

"Nada," repitió Albus. "Nada significa que hay algo por lo que no te sientes a gusto pero que no estás segura de lo que es o no estás segura de poder expresar tus sentimientos sin sentirte avergonzada."

Este análisis provocó que Ilaria sonriera un poco y algún estrés escapó de su mente. "Yo estoy bien, realmente, es sólo una de esas cosas de mujer," dijo con no mucha convicción. "¿Por qué estás tan entusiasmado?"

Albus estaba tan entusiasmado con sus descubrimientos que ignoró lo que era claramente una diversión para Ilaria. "Verás, hay un pequeño grupo de católicos mexicanos que partió de México hacia la región Catalana de España unos 50 años atrás, igual que sus antepasados habían abandonado España para venir a México. Lo que los hace tan perfectos para ti es que ellos practican un tipo de catolicismo verdaderamente místico. No te voy a aburrir con los detalles ahora, pero ellos resultan una perfecta forma de cubrimiento para tu disfraz, porque lo poco que se sabe de ellos es que son únicos en sus creencias y son considerados excéntricos. En otras palabras, puedes decir casi cualquier cosa, y si sucede que alguien sabe algo acerca de ellos, bien, todavía te van a creer. Y son tan pocos y tan individualistas, que las oportunidades de que alguien pueda descubrir que no existes en esos grupos, son extremadamente improbables. Es obvio que lo mejor es que digas lo menos posible acerca de estas cosas, pero tarde o temprano tendrás que escoger una cobertura con más sustancia para alguien."

Ilaria sonrió ante el entusiasmo de Albus y comprendiendo el esfuerzo que hizo obteniendo esa información, la hizo sentir mejor y le permitió poner a un lado sus otros pensamientos problemáticos. Acercó aún más la silla y se inclinó hasta que su cabeza descansó sobre el hombro del viejo. Sus brazos asieron al desaliñado hombre también, en un raro pero afectivo abrazo. Ilaria estuvo contenta en esa posición mientras Albus continuaba dándole más detalles de su mejorada versión del disfraz.

CAPITULO 23

Mientras Arturo, Ilaria y el resto del equipo de Abraham regresaban al camino para otra gira, Ilaria había decidido tratar de abandonar los pensamientos que la habían estado perturbando últimamente. Había resuelto dejar todo atrás y concentrarse en ser el mejor torero posible. Quería ayudar a Abraham y a Arturo a ser exitosos. Deseaba ganar el respeto de ellos. Arturo permanecía callado; ella sabía que estaba todavía lidiando con lo difícil de dejar a Estela y a su hijo. Él no era como muchos hombres que ella había conocido. El resto del personal parecía contento de dejar a sus familias y a sus novias. Ilaria se preguntaba si verdaderamente ella y su hermano de alguna manera habían mezclado sus genes masculinos y femeninos. A su mente vino la imagen de dos embriones en el vientre materno, uno era ella y el otro su hermano. Eran imágenes brillantes y sin desarrollar en los torsos pero tenían cabezas de adulto. Los visualizó a ambos riendo, persiguiéndose el uno al otro por todo el vientre y jugando a las escondidas y a los sustos. Todo este jugueteo paró cuando su imaginación le permitió preguntarse a sí misma qué sentiría su madre con todo este correteo. La maginó acostada sosteniendo su abdomen y llorando por el dolor producido por los gemelos jugando tan estruendosamente. Rápidamente desechó esta incómoda visión y regresó a ver a Arturo persiguiéndola a ella, y luego vio un capote de matador apareciendo súbitamente, y ellos pudieron sortear quién de los dos sería el toro mientras el otro era el matador y luego cambiar de lugares. Luego vio que los dos chocaban, el toro contra el matador, y los dos ellos riendo como lo hacían tantas veces cuando se perseguían mutuamente siendo niños en la realidad. Pero en esa visión ella vio esos semi-desarrollados seres primero riendo y luego, súbitamente comprendiendo que se habían mutuamente sacado algo de sus no desarrolladas entrañas. Claro que esto puso un estado de alarma en estos seres incompletos que empezaron simultáneamente a recuperar lo que había salido de cada uno. ¡Bueno! El fin de la historia es que ninguno de los dos supo qué de lo que había salido pertenecía a quién y qué exactamente pertenecía al otro gemelo, así que se introdujeron lo que pudieron recuperar, rieron y continuaron jugando.

Mientras el bus continuaba avanzando a través de las remotas áreas de la gran ciudad de Guadalajara, Ilaria se sentía asombrada por la enormidad de esa extensa ciudad mexicana. Vio a través de la ventana la variedad de personas junto a las que pasaban. Trató de imaginar sus vidas. ¿Conocían el amor? ¿Sus padres eran pobres? ¿Tenían muchos niños? ¿Habían tenido tragedias en sus vidas? ¿Qué pensaban del toreo? ¿Qué pensarían de una mujer torero?

Era un bello atardecer de Abril, e Ilaria, en realidad Seve, salió a caminar alrededor de un vecindario de Guadalajara. Para Ilaria la ciudad era todavía una experiencia sorprendente. Todas las tiendas, los regateadores y los empresarios independientes trabajando en las esquinas de las calles. Vio a una anciana vestida con una sucia pero elaborada y muy colorida ropa, sentada en una silla de ruedas que parecía que nunca abandonaba. Su oscura piel estaba tan arrugada y floja que se doblaba sobre sí misma como el agua que cae de una cascada. Uno de sus ojos estaba permanentemente cerrado mientras el otro miraba intensamente a Seve. "Venga joven," dijo. "Déjeme decirle su fortuna por solo 5 pesos."

El concepto de adivinador de fortuna era completamente desconocido para la muchacha y esa mujer la hizo ponerse nerviosa. Pero su gran sonrisa y su clara pobreza la forzó a acercarse.

Seve extendió una moneda de 5 pesos que rápidamente desapareció en alguna parte dentro de la ropa de la mujer.

"Dame tu mano niño," ordenó con gentileza la físicamente deteriorada, pero todavía mentalmente intensa mujer.

Ilaria tuvo extraños sentimientos cuando las dos ásperas manos de la mujer tomaron la nerviosa mano de Seve. Levantó la mirada de la mano capturada y captó la mirada del único ojo bueno, vio la expresión de la mujer que ahora era seria e intensa. Aunque el ojo parecía estar viendo a Seve, en realidad parecía estar en blanco, como si estuviera en trance.

La vieja estaba haciendo sonidos guturales hasta que finalmente logró hablar algunas palabras. "Lo que yo veo y lo que siento son cosas muy diferentes. Tú no eres lo que aparentas. No vives como quisieras. Las señales son confusas." Su único ojo bueno estaba cerrado como si necesitara concentrase en una visión escondida en su mente. "Veo sangre en tus manos," dijo en un bajo y cauteloso susurro. "Pero veo gloria. Sí, brillante, resplandeciente gloria." Esto levantó su voz tanto en espíritu como en tono. "Pero algo está escondido" continuó: "algo es incierto, hay señales conflictivas." El ojo se abrió nuevamente y miró a Ilaria. "Ten cuidado con tus decisiones y tus mentiras. Las mentiras te conducen a la oscuridad, a la traición y a la muerte."

En alguna parte entre las palabras traición y muerte, una enferma Ilaria había roto la unión entre las manos y salió disparada hacia las vagabundas hordas de la calle.

Esta experiencia aunque duró sólo unos cuantos segundos envió una profunda emoción dentro del ya cauteloso ser de

Ilaria. Más tarde, por la noche, se despertó con frecuencia con las imágenes de esa anciana acusándola de algo. Por los siguientes tres días después del episodio de su adivinación del futuro, no se atrevía a salir del hotel si no era para ir a la arena a trabajar. Después de eso permaneció cerca de Arturo. Los gemelos era ahora "hermanos." Hacían virtualmente todo juntos. Y su sexto sentido de gemelos se manifestaba en el ruedo. La gente lo notaba. Abraham lo notaba. Todo el equipo notaba cómo uno parecía completar la acción del otro. Ilaria también se encontró escondiéndose detrás de la severidad de Seve. Siempre tenía una manera de distanciar a todos, lo que, claro está, era lo que deseaba hacer. Ilaria luchaba interiormente por desplegar su identidad femenina, pero su creciente falta de habilidad de soltarse a sí misma en público era extenuante. El hecho de que no podía dejar su cabello caer, literalmente, cobraba un precio.

Una noche se quejaba con Arturo. "¿Todavía soy Ilaria?"

Confundido, Arturo enfocó su atención en su gemela. "¿Qué quieres decir?"

"Mis emociones ya se habían cerrado cuando el abuelo murió. Fue como que si un interruptor dentro de mi funcionó en el momento en que me dijiste que había muerto. El dolor fue tan severo, que fue como que mi cuerpo tuvo que poner fin a mis emociones a fin de salvar el resto de mi. Y entonces, mientras entrenábamos, Seve tomó mi cuerpo Algo de mis sentimientos femeninos se han perdido completamente de mi memoria. Todavía tengo mi período una vez al mes, pero aún eso ha venido a ser menos importante. Siento como que cada molécula dentro de mi esta cambiando lentamente."

"¿Cómo te sientes acerca de eso?"

"No estoy segura. Todo lo que quiero es que estemos juntos y tener éxito. Pero dudo, temo que no voy a ser capaz de regresar a ser sólo una mujer."

"Eso es loco. ¿Ser una mujer? Es exactamente lo que eres," protestó Arturo. "Podemos tomar una bicicleta y manejarla como que fue ayer aún que hayan pasado veinte años."

"Esa no es una muy buena comparación mi hermoso."

Ante esta contradicción se miraron el una al otro y rieron.

"En serio Arturo, mis recuerdos de ser Ilaria han venido a ser confusos. Ya no sé quién en realidad soy."

Arturo tomó a su hermana entre sus brazos, la abrazó y trató de encontrar las palabras que le ayudaran a lidiar con esa extraña situación. "La verdadera pregunta Ilaria, es qué tanto cada uno de nosotros sabe quienes realmente somos. ¿Qué tanto somos sólo una reacción en la mano de nuestra adversidad? ¿Soy yo quien pienso que soy? ¿O yo soy quien tú piensas que soy? No sé la respuesta a estas interrogantes, pero si sé que quienquiera que tú seas, yo estoy muy contento de que estés aquí conmigo. Contento de que somos un equipo y lo que sé es que tú y yo somos familia, y nadie, ni aún Seve, puede quitárnoslo." Ella lo abrazó y le dio gracias a Dios por él.

Este era el tiempo de Abraham. Él lo sabía y su equipo lo sentía. Se mostraba en las multitudes en las arenas, las fiestas a las que eran invitados, la reacción de la gente en las calles. Era un tiempo en la historia de México en el que el toreo había comenzado a perder su atracción. Había algunos círculos en los que la corrida era todavía un asunto de orgullo nacional muy elevado. Ilaria estaba tan entusiasmada como nerviosa. Sentía que tenía que estar en guardia todo el tiempo. La presión de la situación extrajo todo pensamiento y dudas femeninas de su mente. Estaba atrincherada en su doble rol de hombre y torero. Había alcanzado cierto grado de resolución con esa realidad y de todas formas no estaba segura del concepto de amor y femienidad. Tenía a Arturo y su familia, y eso era suficiente. Al menos por ahora. Afortunadamente para ella Arturo se sentía igualmente ligado a Ilaria. Teniendo a su hermana y la especial relación que habían desarrollado en el ruedo, le había dado la confianza y el disfrute de la profesión que había escogido. Ilaria había absorbido toda la información que Albus le había dado, y la personalidad de Seve se había vuelto progresivamente severa. Su comportamiento era tan intenso que había ayudado a mantener a la gente alejada. Este era un escudo protector muy necesario. Para el tiempo en que regresaron a Mazatlán Abraham se había convertido en una celebridad local, y el equipo Arturo-Ilaria, se había convertido claramente en su número uno y dos. Esto creó tensión con los otros miembros del equipo, pero también creó interés en la comunidad taurina. No sólo había excitación por la forma en que Arturo y Seve trabajaron tan bien juntos, si no también en el misterio que Seve provocaba en el público, incluyendo a la prensa, que tenía ahora algo más de qué hablar. Arturo trataba de evitar en todo lo posible muchas de las preguntas que se le hacían a Seve, pero resultaba claro que necesitarían trabajar más duro en su historia y en sus tácticas de diversión.

CAPITULO 24

Él regreso a Mazatlán fue triunfal. Abraham y su equipo encabezarían la próxima corrida en la ciudad y como un tipo de promoción para el evento y para la reciente notoriedad de Abraham, se había planeado una gran fiesta en su honor. El equipo estaba muy emocionado a pesar de experimentar algunos problemas. Dos de los miembros se habían marchado con otro matador, en espera de mejores oportunidades de elevar su rango, debido a la no escrita democión sufrida por la prominencia del dueto de Arturo y Seve. Fue algo bueno porque dio al equipo un mejor sentido de orden y los nuevos miembros trajeron energía juvenil con el entusiasmo de ayudar y aprender. Seve se dedicó al perfeccionamiento de su técnica. Ahora tenía más acceso a Abraham. Este envolvía a Arturo y a Seve en la mayoría de las decisiones y juntos trabajaron en las cosas que sacarían lo mejor de la fuerza de Arturo y la gracia de Seve. Pero Abraham siempre les recordaba: "no olviden que su trabajo primordial es hacerme lucir hábil y valiente."

Ilaria también pasaba mucho tiempo con Albus, quien entrenaba la mente de ella en cómo ver y hablar como si fuera Seve. En realidad estaban teniendo mucha diversión con todo eso, como niños planeando una broma en la escuela, pero la seriedad debajo de todo lo que estaban haciendo nunca abandonó sus mentes.

Fue una gran fiesta, con vistas espectaculares de Mazatlán y el Mar de Cortez desde la magnífica mansión propiedad de un magnate local, Carlos Antonio. Puesto que era al menos parcialmente una promoción por la corrida que se avecinaba, a Abraham y a los miembros de su equipo se les pidió asistir completamente vestidos de toreros. Estas fueron buenas noticias para Ilaria, era más fácil para ella lucir y sentir su papel masculino. Había sido capaz de evitar cosas como esta en el pasado. Ahora Seve era conocido, tenía que presentarse en público. Tanto la comida como la bebida eran espectaculares e Ilaria se vio rodeada por la bella gente de Mazatlán. Reconoció a algunos de ellos de sus días como empleada del restaurante Señor Frog's, era la gente que ella trataba de evitar. Con la ayuda de Albus había desarrollado una estrategia para evitar ser el centro de atención en cualquier salón. Este consistía en que tuviera siempre una pared a sus espaldas y permanecer todo el tiempo posible detrás de Arturo y Abraham. En otras palabras: minimizar su exposición ante la gente. Seve se ubicó contra una pared debajo de una dramática pintura surrealista. Los atrevidos colores rojo y negro desviaban la atención hacia el lienzo. A la derecha de Ilaria, Abraham estaba hablando con una obviamente rica dama con el cabello blanco más extraño que se haya visto. La mente de Ilaria se desvió de la conversación al contemplar el esponjado cabello blanco con sus grandes rizos y ondas.

Entonces, Abraham llamó: "Seve, Seve." El trance de ella se rompió y giró la vista hacia el matador, quien estaba intentando presentar a Seve con un inesperado y familiar personaje.

"Me encantaría que conocieras al mejor doctor en todo Mazatlán," dijo Abraham. "Si, o debo decir, cuando necesites algún doctor para algún remiendo, este es el hombre."

Por un momento ella sintió pánico al mirar el rostro bondadoso de a quien ella tan atrevidamente hizo unas extrañas preguntas en el Café París.

"Es grandioso conocerte Seve, mi nombre es Scott Valdez."

"Sí, yo sé…" Tragó saliva Ilaria. "Quiero decir es bueno conocerle también."

El trató de ubicar la cara que tenía en frente y que le resultaba tan familiar. Especialmente esos ojo con todas las variedades de color. Notando la vacilación y la forma en que el doctor miraba a Seve, Ilaria rápidamente trató de llevarlo a un tema diferente. "Scott Valdez… esa es una no muy común combinación de nombres."

"Oh si, mi padre es mexicano y mi madre es americana de herencia inglesa y alemana."

"Esa mezcla debe haber creado una persona interesante."

"Bien, posiblemente. Supongo. Lo siento, no te he visto torear pero he escuchado grandes cosas de ti."

"¿De veras? ¿Como qué, si puedo preguntar?"

"Bueno," ella escuchó a Albus en su mente. Porque él la había entrenado para hacer preguntas rápidas y desafiantes que forzaran la mente de las personas a parar de evaluar la forma en que ella lucía.

"Bueno. Entiendo que tienes mucha gracia. Y con sólo mirarte ya puedo darme cuenta de que es verdad."

Intentando que no se enfocara en la apariencia de Seve otra vez, Ilaria preguntó: "¿Eres un aficionado del toreo?"

"Esa es una pregunta muy difícil para mi," comenzó el Dr. Valdez mientras Ilaria disfrutó de un respiro de satisfacción por lo exitoso de su distracción. "Mi respuesta a eso sería muy parecida a mi respuesta acerca del origen de mi nombre. Como mexicano siento una cierta conexión, como que estuviera en mi sangre. Cuando el toro patea el suelo mexicano y el matador planta sus pies, me meto en ello como que fuera personal. Pero, siendo una parte gringo, siento desconexión. Los norteamericanos tienen la tendencia de verlo como un antiguo espectáculo cuyo tiempo ya pasó. Admito que también entiendo esta perspectiva."

"Ya veo," dijo Ilaria, aunque realmente no entendía.

"En realidad no se cómo pueden permanecer quietos cuando el toro se abalanza hacia ustedes," continuó el Dr. Valdez. "Cuando he tenido asiento cerca del ruedo me he sentido incómodo al estar tan cerca de esos brutos. Muchos días después todavía puedo sentir la furia del toro y ver el moco y la saliva que sale de sus orificios nasales y de su hocico cuando entran a la arena. Aún después de dejar la plaza puedo escuchar su bramido y el peso de su ira. No se cómo lo hacen, francamente. ¿Por qué lo hacen? ¿Sienten miedo?"

Seve se relajó un poco al absorber la admiración del médico. "En lo que se refiere a por qué, es difícil de describir. En lo de sentir miedo, también es una pregunta difícil de contestar."

Seve contorsionó su rostro un poco al trasladar la pregunta a Ilaria, puesto que había sido ella la que tuvo que lidiar con el miedo. "Crecí rodeado de toros. Fueron una parte de mi vida aún antes de aprender a leer y a escribir. Pienso que tenía más miedo de la gente que de los toros."

Seve tuvo que tomar el control al comprender que Ilaria se estaba abriendo demasiado con su pasado. "Claro que sentimos miedo, pero en lo que a mi me respecta, el miedo solo eleva mi concentración para conocer al toro y torearlo con la mejor técnica." No le dijo al doctor que su más grande miedo era que se descubriera que era una mujer.

Con esta bravata, Seve miró intensamente al doctor y lo retó. "Debes venir y vernos en la siguiente corrida."

"Lo haré," aseguró el galeno. "Abraham ya me consiguió un buen asiento. Al parecer está todavía agradecido por algún trabajo que le realice al inicio de su carrera.

Seve miró a Arturo a los ojos, y éste vino hacia ella porque sintió que Ilaria necesitaba ayuda.

"Doctor, me gustaría presentarle a uno de los mejores miembros del equipo de Abraham. Este es Arturo Oniveres." Seve, con mucha elegancia guió a Arturo para ponerlo entre Ilaria y el Dr. Valdez. Entonces añadió "Abraham dice que este es el doctor que debemos ver si alguna vez un toro nos da un pequeño beso."

"Mucho gusto doctor. ¿Trabaja aquí en Mazatlán?" preguntó Arturo. La pregunta logró desviar los ojos del buen doctor de la persona de Seve, quien comenzó a alejarse. Ilaria no pudo evitar detenerse y mirar hacia atrás a la figura del doctor. Los ojos de él habían abandonado los ojos de Arturo y estaban mirando hacia Seve que se retiraba. Ilaria logró encontrar la voz de Seve y dijo: "lo voy a buscar en la corrida, doctor."

Esto puso nuevamente los ojos del doctor sobre Seve mientras Ilaria giraba y se alejaba definitivamente. Arturo tuvo que preguntar el nombre del doctor otra vez para poder conseguir nuevamente su atención.

Después de la fiesta Ilaria informó a Arturo de su episodio con el doctor en el Café París y le admitió que se sentía atraída hacia él.

"Pero si tiene casi el doble de tu edad."

"Yo sé, es medio raro, ¿No es así?"

"Sí, pero debo decir que me gustó hablar con él."

"Hay algo acerca de él..." dijo Ilaria mientras trataba de ordenar sus pensamientos confusos. "¡Eso es todo! No tiene sentido pensar en esa clase de cosas."

Arturo se preocupó por su hermana. Veía como el toreo había venido a ser su vida entera. Comprendió que había llegado a pensar en Seve como que ya no fuera su hermana. La tomó en sus brazos y la abrazó fuertemente.

"¿Qué significa esto?" Preguntó Ilaria.

"¡Qué! ¿No puede un hermano abrazar a su hermana?"

CAPITULO 25

La emoción y anticipación eran grandes. Abraham había nacido y se crió en Mazatlán. Era un momento crucial en su carrera. Entonces se anunció que junto a él, estarían toreando Santiago Amandóvar y Ferrari del Toro. Amandóvar era uno de los más renombrados toreros de España y realizaba su segunda gira por México. Del Toro era uno de los mejor conocidos matadores mexicanos. Era una gran cartelera en la historia de la ciudad. La cartelera de dos grandes matadores y el muchacho de la ciudad que estaba a punto de convertirse en una celebridad, estaba causando una enorme expectación. Un ícono de la prensa nacional, Leo Cuidadando escribió: "dos grandes y el favorito local con su dueto de confiances de Fuerza y Gracia."

El nivel de seriedad e intensidad era pesado en los

entrenamientos del equipo de Abraham. "Podemos reír y regocijarnos después de la corrida," bramaba el Matador.

Como en Tijuana, él sentía que tenía que probarse a sí mismo. Tanto su equipo como él sabían que eso significaba tomar algunos riesgos. Aunque Ilaria había conservado la mayoría de su sentido con los toros para ella misma y para Arturo, progresivamente había comenzado a compartirlo con Abraham. Sabiendo esto, el matador a menudo hacía que Seve jugara el papel de toro para practicar algunos de los más atrevidos movimientos. Era una repetición de cuando Mauricio estaba entrenando a los hermanos y pagaba a los muchachos locales para correr hacia el aspirante a matador con cuernos adheridos a un trozo de madera. Fue hasta entonces que Ilaria supo que Abraham también había pasado un par de meses trabajando con Mauricio.

"Sorpréndeme Seve," demandaba el matador: "sorpréndeme de forma que pueda reaccionar igualmente ante lo inesperado." Entonces exigía que Arturo hiciera lo mismo. Él también quería beneficiarse de la combinación de Fuerza y Gracia. El equipo se sentía fuerte y preparado.

Tres días antes de la corrida Mauricio llegó al área de trabajo. Ilaria y Arturo se sintieron incómodos al enfrentar al hombre cuya imaginación había concebido la idea que se había agigantado. Habían hablado acerca de la reintroducción de Ilaria en la arena y expandir la cobertura que envolvía a Mauricio, pero nunca hicieron tiempo para ello.

Cuando el calmado hombre de grata presencia caminó hacia ellos, Ilaria sintió una gran emoción que la hizo desear correr hacia él y abrazarlo como le hubiera gustado abrazar al padre que "perdió" años atrás. Pero además sintió culpabilidad porque sabía que su engaño lo había puesto a él en una posición muy vulnerable.

Mauricio asió a Abraham y ambos se abrazaron. Mauricio susurró algunas frases de felicitación a su exitoso antiguo alumno. Se volvió hacia Arturo quien se aproximaba y también se fundieron en un abrazo. Arturo no podía hablar. Retuvo el abrazo hasta mucho tiempo después de que los brazos de Mauricio habían comenzado a separarse del saludo. El maestro tornó su atención hacia Seve. Los pies de Ilaria estaban como pegados a la tierra, incapaz de moverse debido al conflicto de emociones. Lágrimas se empezaron a formar en los ojos de Seve, algo que los otros miembros del equipo notaron rápidamente pues era muy fuera del carácter del excéntrico y estoico Seve. Mauricio, sintiendo el peligro de este encuentro, apresuró el paso hacia su claramente dolido estudiante. Tomó a Seve y lo hizo girar de forma que Ilaria y sus lágrimas no encararan a sus compañeros. Ella comenzó a balbucear. "Lo siento, no tenía derecho de tomar ventaja de tu situación. Debes odiarme."

"Sshhhh, mi niña, estate quieta y escúchame," ordenó Mauricio quedamente.

Continuó susurrando al oído de Ilaria. "Yo estaba furioso al principio porque nunca hablaste conmigo. Pero recapacité y rápidamente entendí que tú nunca me hubieras puesto en esa posición si yo no te hubiera arrastrado hacia todo esto. Y a pesar de todo, no puedo evitar sentir gran orgullo por la forma en que te has desarrollado. Ahora, recupérate o toda esta mascarada se termina ahora mismo."

Mientras rompían el abrazo Mauricio miró a los ojos que ya se secaban de la persona doble que tenía en frente y dijo: "una cosa no ha cambiado desde la primera vez que tomaste un capote y comenzaste a moverlo, no me canso de verte. Puede ser mi culpa que estés aquí ahora, pero al mismo tiempo siento como si hubieras nacido para estar aquí."

Se enteraron de que Mauricio no sólo se quedaba a presenciar la corrida, si no que también el Dr. Scott Valdez y los padres de Ilaria iban a estar sentados junto a él. Esto redobló la ansiedad de ella. Arturo y Estela sugirieron la idea de que Ilaria debería quedarse con Lupita, una amiga de los días del Restaurante Señor Frog's. De esta manera podrían decir a los padres que ella estaba fuera de la ciudad y no tendrían a Ilaria y a Seve en confusión alrededor de mamá y papá. En efecto, sabían que tenían que mantener a Seve tan lejos de ellos como fuera posible. Ilaria estaba agradecida de que sus padres vivieran tan lejos. No podía imaginar la confusión en que viviría si tuviera que lidiar con ellos viviendo cerca. Estela y Juan Carlos Jr. viajaban con frecuencia a Santa Rosalía lo que ayudaba disminuir la necesidad de sus padres de visitar Mazatlán. Estaban aquí sólo por el gran evento, y eso ponía más presión en Ilaria y en Seve.

El día de la corrida encontró a Arturo, Estela y sus padres

discutiendo por cualquier cosa. Todos estaban nerviosos, la tensión se cernía sobre cada uno. Arturo notó que nadie mencionaba a Ilaria. Estaba sorprendido pero también aliviado.

Ilaria se sintió sola y aislada aunque agradecida de estar alejada del conflicto de sus padres. Pasó la noche anterior en un catre dentro de un cuarto de almacenamiento de la plaza de toros. Tuvo violentos y vibrantes sueños que no la dejaron dormir. Se levantó cansada pero estaba lista para salir una vez que el resto del equipo llegara.

Abraham enfrentó el primer toro después de los más afamados matadores. Para el equipo, se sentía como una repetición de la corrida de Tijuana, aunque la tensión era mucho mayor. Todo el concepto de un dueto no tenía precedente en este espectáculo tan individualista y Abraham decidió tomar ventaja de la animación causada por Fuerza y Gracia, dejando que ellos pusieran las banderillas como un equipo. Ecos de 'Fuerza y Gracia' se escuchaban por toda la plaza. Seve y Arturo, en una pieza dramática muy bien planeada agitaron sus capotes en el aire, enfatizando su fuerza y su gracia. Abraham caminó a través de sus capotes hacia el centro de la arena. Llevaba su muleta sobre el hombro como si estuviera caminando muy casualmente una tarde cualquiera. Entonces llamó al toro con exagerados movimientos de cadera, burlándose del toro mientras su muleta permanecía inerte sobre su hombro. Fue en ese momento en que dramáticamente agitó la roja tela de su muleta y ésta entró en acción. Inicialmente todo fue de acuerdo con lo planeado. El gran toro negro de la ganadería de los Ramírez había demostrado ser bastante predecible y había respondido muy bien al magnífico trabajo del matador.

La situación cambió muy rápido. Si uno de los siguientes eventos hubiera pasado, Abraham hubiera tenido tiempo de recobrarse. Estaba terminando de completar una bella satillera cuando el toro levantó ligeramente el cuerno derecho, el que se enredó en un pliegue de la tela, cerca de la agarradera de la muleta. En ese momento el matador estaba inclinado sobre el lomo del animal tratando de obtener una mancha de sangre en el traje para mostrar lo cercano del pase. El momentáneo agarre del cuerno hizo dos cosas. Primero forzó al toro a comenzar un anti-natural y rápido giro que terminó colocándolo en posición de enfrentar a su adversario. El segundo resultado de ese agarrón del cuerno en la tela fue que la cabeza del animal giró hacia atrás directamente hacia el matador. La torpeza de ese giro de cabeza causó que la pata del toro plantada sobre el suelo se deslizó hacia afuera en vez de regresar a la posición correcta, siguiendo la dirección del torso hacia adelante. Al deslizarse hacia afuera, la pata se deslizó a su vez entre las firmemente plantadas piernas de Abraham, quien se inclinaba sobre el toro. Esto lo hizo perder el balance. Si hubiera caído rápidamente, habría habido tiempo para que se recuperara y escapara. Pero luchó por recuperar el equilibrio en un intento de evitar la caída. El atascamiento del cuerno en la tela ya había colocado al toro frente a su oponente que caía. Mientras el matador trataba de incorporarse, el toro embistió. Debido al no muy natural giro, el toro traía muy poca velocidad pero aún así pudo asestar algunas horrorosas cornadas antes de que Arturo y Seve fueran capaces de distraer al toro y alejarlo del seriamente herido matador.

Los sonidos de esos pocos momentos nunca abandonarían completamente las cabezas de aquellos que estaban cerca de la escena. Ilaria también sintió un dolor en su costado mientras Abraham era llevado a la enfermería luchando por su vida. Súbitamente comprendió que la sangre en su costado no era del toro ni de Abraham; era su propia sangre. La punta del cuerno debía haber agarrado a Seve cuando se apresuraba al rescate. Comenzó a sentirse desmayar por la corriente de dolor cuando colocaba su mano en la zona de la herida. Arturo la asió y le ayudó a seguir al grupo que llevaba al matador.

Una vez en sitio seguro, Arturo ayudó a Ilaria a sentarse en una banca alejada de lo que estaba pasando con Abraham. Fue entonces cuando se dio cuenta de que ella también había sido corneada. Él pánico hacía presa de Ilaria al darse cuenta de que no sólo tenía que lidiar con haber sido herida, si no también con evitar ser descubierta. Conservaba su mano derecha sobre la herida con la esperanza de al menos disminuir el sangrado. Con su mano izquierda tomó a Arturo por el cuello y atrajo su rostro cerca del de ella. "Busca al Dr. Valdez y tráemelo."

Ilaria sintiéndose mareada añadió, "Arturo, rápido."

Permaneció sentada, combatiendo el deseo de su cuerpo de hundirse en la inconsciencia mientras Arturo salía en busca del médico. Cuando Arturo regresó con el doctor, éste hecho una rápida mirada a la herida y ordenó a Arturo que le ayudara a llevar a Seve a un cuarto para poder trabajar en él. Antes de que Arturo pudiera siquiera moverse, Seve alargó su mano libre, asió el brazo del médico y lo obligó a acercarse. Lo miró intensamente y dijo: "No puedes curarme en público, es en contra de mi religión."

El Doctor miró a Seve, sin saber si reír o disgustarse por tan loca petición. Trató de hacerlo entrar en razón. "Seve, tú ya has perdido demasiada sangre, necesitamos parar la hemorragia y aplicar antisépticos en la herida, ya."

"No es una opción," dijo el determinado Seve, cuya resolución era fuerte a pesar del cuerpo debilitado de Ilaria. El médico miró a Arturo en la esperanza de encontrar alguna ayuda en convencer a la muchacho.

"No se moleste en argumentar con Seve doctor, en esa cosas él no cede."

El doctor Valdez no estaba acostumbrado a que el paciente le dijera lo que tenía que hacer, pero las palabras de Arturo y la resolución de Seve, lo forzaron a tomar una rápida decisión. "Mi clínica está a sólo unas cuadras de aquí; podemos ir allí." Seve soltó el brazo del doctor y éste vio suavizarse la expresión de Seve, quizás incluso vio un asomo de agradecimiento desesperado.

"Necesito un carro y lo necesito ahora," ordenó el galeno.

En muy poco tiempo el Dr. Valdez estaba al volante del carro de alguien. Cuando Arturo acostaba a Seve en el asiento trasero, y se alejaba de su hermana, Seve alcanzó a asir un trozo del traje de luces de su hermano. "Hay un segundo animal para ser toreado Arturo. Debes enfrentarlo y derrotarlo. Por Abraham y por mi."

"Si Ilaria," fue todo lo que pudo decir mientras cerraba la puerta y veía a su hermana partir hacia un destino incierto con un hombre que apenas conocían.

El doctor escuchó a Arturo decir Ilaria, pero el apuro del momento permitió que pasara inadvertido. Estaba sólo interesado en salir del laberinto en que se encontraba y llegar a su clínica.

Arturo miró la sangre dejada por su hermana en su sucio traje. Comenzó a limpiarlo. Escuchando los sonidos de los 'olés' que comenzaban a escucharse de nuevo, el esparció la sangre en su traje como una pintura de guerra. Él reclamaría el derecho de torear el segundo toro de Abraham en honor del Seve y del matador. Miró hacia atrás al cuarto donde estaba el matador y los frenéticos susurros de preocupación. Se irguió y se dirigió al ruedo. Con el futuro de Abraham incierto y la salud de su hermana y su identidad secreta en peligro supo que este podía ser el último toro que enfrentara. Rabia y resolución trajeron al toreo de Arturo la intensidad que no tenía antes. Cuando todo el público estaba de pie y se regocijaba por la ejecución de su vida, un estoico Arturo saludó con una inclinación y rápidamente abandonó la arena para saber lo que el destino traería a su futuro.

CAPITULO 26

Abraham sobrevivió. Todavía subsistía la duda de si volvería a torear alguna vez. Lo que era cierto es que en el caso de poder hacerlo, no sería pronto.

La ejecución de Arturo con el segundo toro fue inspirada. Esa corrida había atraído mucha atención. Estaba siendo visto bajo una luz diferente. Lo bueno para Ilaria y él fue que con todo el caos y preocupación por Abraham, muy pocos se dieron cuenta de que Seve había sido herido también. Fue removido tan rápidamente que asumieron que su herida había sido sin importancia. Arturo no hizo nada para desmentirlo. Hacia afuera se mostró despreocupado por la suerte de 'Gracia'. Hacia adentro estaba temeroso. Todavía no sabía qué tan severamente estaba herida. Aceptaba las felicitaciones con gracia pero apropiadamente declinaba hablar más acerca de ese día hasta que supo de la condición del matador.

Ilaria se despertó todavía en la camilla. Se sentía incapaz de moverse. Le tomó un rato percatarse de lo que había sucedido. Quiso tocarse el pecho para saber si todavía estaba vestida con su traje de luces. No pudo reunir la fuerza necesaria para levantar la mano, pero con un ligero movimiento del cuerpo comprendió que estaba todavía vestida. Emitió un suspiro de alivio y entonces el dolor se apoderó de su cuerpo. Dolor como nunca antes había sentido. Quería gritar pero sentía que no tenía fuerzas ni para susurrar. Todo su rostro se tensó cuando apretó sus dientes.

Sentado quietamente en una esquina del cuarto estaba el doctor Valdez. Había tenido tiempo para pensar acerca de sus sentimiento y responsabilidades. Ahora sentía un poco de vergüenza por su reacción inicial al descubrir que había sido engañado. Lo achacaba a su herencia y a su sangre mexicana por parte de su padre. También tuvo tiempo de reflexionar acerca de haberla conocido en el Café y reencontrarla como Seve en la fiesta. Recordando su encuentro con aquella curiosa jovencita suavizó sus sentimientos. Recordó que aún cuando pensó que era un hombre se sintió atraído e interesado. Tomó algunas decisiones. Primero, decidió intentar quitar presión a su paciente disimulando el hecho de que ella era una mujer y que él estaba ahora envuelto en el juego. Pensaba que no necesitaba hacer nada precipitado en el futuro inmediato. Había llamado a Arturo y le dijo que viniera directamente a su residencia. Todavía estaba preocupado por la salud de Ilaria. Él daño no sólo había sido malo en la superficie, si no que todavía existía el riesgo de daños en órganos internos, y el riesgo de una infección era grande.

Se levantó y puso un dedo en la boca de Ilaria evitando que hablara. "Lo que necesitas ahora es descansar y no preocuparte por nada. Tu herida es suficientemente seria y debemos tomar toda clase de precauciones posibles. Como tu médico, necesito que confíes en mi. ¿Crees que puedes hacerlo?"

Ilaria parpadeó con una mirada que quería ser confiada pero que también mostraba temor.

"Conozco tu secreto. Lo voy a proteger por ti." Nuevamente puso gentilmente su dedo sobre los labios de ella para impedirle hablar. "Arturo viene en camino." Puso su otra mano suavemente sobre las de ella, sus dedos apretándolas en señal de confianza. "Asumo por lo que he visto que Arturo conoce tu verdadera identidad, que está en el juego. Aprieta mi mano si estoy en lo cierto."

Ilaria sintió alivio y fortaleza cuando apretaba la gentil mano de aquel hombre que le inspiraba seguridad. Sintió otra corriente de dolor. Su visión del doctor se difuminó cuando cerró los ojos y se agitó por lo profundo de sus retos físicos y mentales.

El doctor Valdez comprendió su dolor por el gesto de su rostro y la fuerza con que ahora ella apretaba su mano. Supo que necesitaba apresurarse. "Seve…" hizo una pausa, "o cualquiera que sea tu nombre, voy a inyectarte algo que también te ayudará a dormir. Necesitas descansar. Vas a necesitar mucho descanso y yo voy a necesitar ver esa herida muy cuidadosamente. ¿Entiendes eso?" Preguntó y luego añadió: "aquí estás segura."

Ella apretó su mano. Introdujo la aguja en el brazo de ella y su dosis de alivio entró rápidamente en su torrente sanguíneo. "Ya limpié y suturé tus heridas. Va a necesitar mucho más trabajo y supervisión. Debes entender que tus heridas son tan serias que no te permitirán levantarte por ti misma en un futuro muy cercano. Voy a cortar el resto de tu traje." Los ojos de Ilaria se abrieron por un momento pero se cerraron nuevamente. "Estás bajo mi cuidado y vas a tener que confiar en mi. Voy a remover tu ropa para proceder a limpiar las heridas." Tomó la mano de ella y la apretó. Los ojos de ella se abrieron y correspondió al apretón. No era capaz de entender todo lo que le estaban diciendo, pero entendió la esencia de lo que le estaban tratando de explicar. Sabía que no tenía otra opción si no confiar en este hombre. Sentía que era un buen hombre. Ella estaba al borde de la inconsciencia cuando la voz del doctor dijo: "no te preocupes, Arturo y yo pensaremos en algo."

La primera cosa que el doctor le preguntó a Arturo fue cuál era el verdadero nombre de ella.

"Ilaria Oniveres, ella es mi hermana." Después de una breve pausa añadió: "es mi gemela."

El doctor miró nuevamente al muchacho encontrando características similares a las de la persona que el acababa de curar. "Ilaria," repitió. Arturo le dijo al doctor Valdez la historia de cómo empezó todo y cómo había llegado tan lejos. A pesar de su horror anterior, el doctor se encontraba ahora fascinado con todo lo ocurrido. Cómo Ilaria se había escabullido por la puerta trasera de ese mundo de machos y no sólo había sobrevivido si no también crecido. Arturo explicó lo mucho que significaba para él tener a su hermana consigo para el viaje y como su compañera en el ruedo. Confesó que probablemente habría renunciado al torero si no hubiera sido por ella. "Y en caso que tú no la viste temprano esta tarde, ella es una natural."

El doctor sí comprendió desde la primera vez que vio a Seve torear, que no quería apartar sus ojos del agraciado 'torero'. "No soy un experto en la corrida, y Seve... quiero decir Ilaria," hizo una pausa: "o quien sea," otra pausa. "Lo que quiero decir, aunque su tiempo en la arena fue limitado hoy, me encontré fascinado con ella. Hay algo en la forma en que se mueve que atrajo mi atención."

"Exactamente, doctor," dijo Arturo. "Estoy seguro de que parte de eso es porque es mujer, y aunque la gente no sabe qué, lo que sienten es que hay algo diferente en ella que les atrae."

"¿Ella llamaba la atención de esa manera cuando ustedes comenzaron?"

"Bueno," pensó Arturo. "Ella proyectaba un cierto algo desde el principio, que venía de sus sentido de los toros. Siempre tuvo un sexto sentido con los animales y con los toros en particular. En realidad fue un poco salvaje y descuidada al principio, pero siempre se movió con tremenda rapidez y gracia. Entonces algo raro sucedió. Tuvo que desarrollar la personalidad de Seve para proteger su identidad. La disciplina y realeza que adquirió como protección se fundió con su rapidez y su gracia para formar un estilo magnético. Tengo que admitir que a veces pierdo la concentración por verla a ella. Y para ser honesto," comenzó, pero apartó la vista del doctor con un poco de timidez: "sólo verla a ella ha hecho que mi estilo mejore."

"Interesante. Parece que, como me dijiste antes, acerca de por qué Mauricio comenzó todo esto, que en realidad funcionó."

"Sí, Pero ninguno de nosotros jamás se imaginó que todo nos llevaría a una situación como esta."

Al día siguiente Arturo regresó a la casa del Dr. Valdez con Estela y Albus. Después de conocer el resto del grupo de apoyo de Ilaria, el doctor se sintió más cómodo con mantener el silencio sobre el engaño. Arturo explicó la separación de Ilaria de sus padres y preguntó si ella podría permanecer con el médico hasta que sus padres regresaran al rancho.

La madre de ellos finalmente mostró preocupación por la ausencia de Ilaria. "No es correcto que tu hermana, una mujer soltera esté lejos de su familia por tanto tiempo. ¡Y debía haber venido a verte torear para darte apoyo!"

El padre estaba extrañamente silencioso. Había hablado muy poco desde la corrida. Ni siquiera le había dado a Arturo su usual crítica sobre su ejecución. "Bien hecho hijo, estuviste grandioso," fue todo lo que dijo. Arturo sabía que algo estaba molestándole, pero por ahora lo dejó en paz. Preguntó a su madre acerca del ánimo de su padre.

"No te preocupes, está sobrecargado con el rancho y tratando de encontrar otro matador ahora que Abraham está incapacitado para torear."

Fue entonces cuando Arturo comprendió lo incierto de su futuro. Había estado tan preocupado por Ilaria y Abraham que no comprendió que, por lo menos en el futuro cercano, él no tenía trabajo.

Ilaria no se despertó si no hasta el siguiente día. Se sintió en choque cuando comprendió que no llevaba puesto nada más que su ropa interior y un gigantesco vendaje. Se ruborizó un poco al entender que el doctor le había quitado el resto de la ropa. En medio de la niebla que opacaba su mente, recordaba algo acerca de decir que necesitaba confiar en él y que limpiaría sus heridas. Podía darse cuenta de que había lavado su sudor. Debía haberle dado un baño de esponja.

"¿Cómo está nuestra paciente?"

"Más limpia."

"Sí. Tuve que hacer algo acerca del desastre en que viniste."

"Supongo que ser modesta en este momento sería hasta ridículo."

"Puedes ser modesta todo lo que quieras, pero como tu médico…" Decidió añadir: "puesto que debo conservar tu secreto, estás obligada a tenerme como tu único doctor."

Ilaria hizo un gesto de dolor.

"Es tiempo de otra inyección Señor Torero. Te ayudará con el dolor y te pondrá de nuevo a dormir. Necesitas descansar y yo tengo que echar una mirada a tus heridas."

Ella quiso ser ingeniosa y decir algo como 'es mejor que eso sea todo lo que vas a ver'. Pero la gravedad y la vulnerabilidad de su situación hizo que su boca solamente temblara. No sintió la aguja perforar su piel. Sólo sintió tristeza al dar nuevamente la bienvenida a la inconsciencia.

Al tercer día de tratamiento, parecía que Ilaria estaba fuera del peligro. Los rayos x no mostraron daño en los órganos y parecía que el cuerno no había penetrado más allá de la superficie de su atlético torso. Las inevitables infecciones permanecieron locales, no se esparcieron. Hasta ahora el doctor sólo realizaba limpiezas menores y desinfecciones sin tener que abrir las heridas. También limitó en lo posible la presencia de ella a su equipo médico. Ellos no tenían idea de su profesión o de su farsa.

Mucho de la parte media del cuerpo de Ilaria estaba tan afectada que no era todavía capaz de sentarse. El doctor, Arturo, Estela y Albus tomaron turnos alimentándola una cucharada a la vez. Ilaria disfrutaba la atención del médico. Los dos estaban coqueteando inocentemente.

Ella, incapaz de ver bien el daño en su cuerpo desde la posición de acostada, preguntó, "¿qué tan fea luzco ahora?"

"Tú nunca podrías ser fea, Ilaria," declaró él mientras se concentraba en su trabajo.

"Supongo que más nunca podré llamar la atención de los hombres guapos en el Café París," dijo ella con una sonrisa afectada.

Él separó sus ojos de la herida, mirando a la muchacha y emitió una risita al ver la sonrisa y un asomo de brillo en los ojos de ella. "Que bueno ver que te estas sintiendo tan bien como para bromear." Y juguetonamente añadió: "pero yo podría sobornar a las meseras para que conserven a los Casanovas lejos de ti."

Esto hizo reír a Ilaria hasta que el dolor se lo impidió.

"Se una buena niña y permanece quieta para poderme concentrar, y tú podrías evitarte un dolor innecesario."

CAPITULO 27

Al final de la semana, Ilaria estaba sentada y comiendo por sí misma. Diez días después del infame domingo, sus padres estaban de regreso en Santa Rosalía, y ella estaba en casa y en capacidad de caminar un poco. Estaba feliz de estar en su propia cama, y feliz de estar cerca de Arturo, Estela y Juan Carlos Jr. aunque el Dr. Scott Valdez no estaba muy alejado de su mente. Él había llegado una vez al día a chequearla, y ella se dio cuenta de que esperaba sus visitas.

Estaba confundida acerca de sus sentimientos hacia el doctor. Solo entendía que realmente disfrutaba estar en su presencia. Que fuera un hombre de dos culturas la intrigaba. Algunas veces se preguntaba si era solamente una infatuación, como la de una niña de escuela por su maestro, pero recordaba que ella se sintió atraída por él aún en su primer encuentro en el Café París.

Una vez al año Scott tenía que regresar a los Estados Unidos por un período de tres a seis meses. Trabajaba en varios hospitales como temporario, lo que le ayudó a financiar su clínica. Ilaria temía el pensar que se alejaría de su vida por tanto tiempo. Estaba confundida por la diferencia de edades y los sentimientos asexuados de Seve. Más que todo, estaba cansada de yacer en cama pensando en sus emociones. Añoraba levantarse y vivir la vida otra vez.

También disfrutó visitas de Albus. Él les dijo a ella y a Arturo que él y algunos de sus conocidos estaban trabajando en conseguir algunos buenos trabajos para ellos. Era siempre optimista e informativo. Ella gustaba de escuchar sus historias, especialmente las que glorificaban el toreo en España.

Estela, sintiendo el creciente malestar de Ilaria por tanto tiempo postrada en cama, comenzó a darle masajes diarios. Principalmente masajeaba los pies y las piernas, que a menudo se entumecían por la falta de uso y que estaban tan desconectadas del estropeado torso de ella que ni siquiera le causaban dolor. Ilaria también apreciaba las amorosas manos de Estela en sus siempre entumidos hombros y cuello. Este ritual reforzó su cercanía, la que había disminuido mientras Ilaria estuvo afuera toreando.

Algunas semanas después del incidente, Arturo y Albus aparecieron al lado de su cama muy excitados. "Tenemos una lidia, Ilaria, sólo tú y yo, Fuerza y Gracia."

"No sólo una lidia," añadió Albus: "si no una serie de corridas en tres diferentes ciudades por término de un mes, y puedes agradecerle a tu padre por eso… bueno, supongo que tú no puedes agradecerle, pero Seve, si."

Esto provocó risa en todos, aunque Ilaria sólo sonrió a medias mientras desaparecía en sus pensamientos.

"¿Cuando?" preguntó la muchacha.

"En tres meses," respondió Arturo.

Ilaria se perdió en sus pensamientos. ¿Por qué no estaba tan emocionada? Sentía un nudo atenazando su estómago.

Arturo, sintiendo los pensamientos de ella preguntó "¿por qué tan callada Ilaria? Deberás estar lista con tiempo suficiente." Hizo una pausa: "Quiero decir, ¿piensas que será tiempo suficiente?"

"No lo sé," dijo ella suavemente. Su estómago estaba ácido, los músculos del abdomen rígidos, lo que tironeó su lado dañado y se estremeció con un dolor punzante. Miró a su hermano con los ojos húmedos y gimoteó: "es difícil para mi pensar en eso en este momento."

Arturo se sentó en un lado de la cama, tomando suavemente una mano de ella entre las suyas, "¿qué piensas de continuar toreando, Ilaria?"

"No sé," musitó, mientras sus ojos se humedecían. Miró hacia su grupo de apoyo que estaba reunido alrededor de ella. "He tenido mucho tiempo para pensar estas pasadas semanas. Primero estaba preocupada con la posible exposición de mi engaño y ahora esto puede afectarnos a todos. Estaba preocupada con el papel del doctor en todo esto, y él hizo un magnífico trabajo al ayudarme a concentrar en cosas positivas, y…" hizo una pausa y organizó sus pensamientos. "Dios, me he sentido tan emocional desde que esto pasó. Es realmente raro. Es como si Seve ha robado todas mis emociones para meterlas en una bolsa que ahora se rompió."

Después de otra pausa continuó: "Comencé a pensar acerca de todas las cosas que han pasado. Lo divertido es que cada vez que comienzo a ponderar lo que será el futuro, algo del pasado despierta y jala mi mente de regreso. No conozco la respuesta a tu pregunta Arturo." Bajó la vista, sintiéndose avergonzada.

"No te preocupes," intervino Arturo. "Concéntrate en mejorar y deja al resto de nosotros las preocupaciones del futuro. Hablaremos de la corrida cuando estés lista."

"Todos los arreglos dependen en que estés lista," afirmó Albus. "Solo ten en cuenta que eso está ahí para que tomes ventaja de ello si tú quieres." Hizo una pausa y emitió un pensamiento: "puede ser algo a lo que puedes mirar de frente, algo que te ayude a través de los dolores de la convalecencia."

Ilaria movió la cabeza asintiendo, cerró los ojos y reflexionó sobre sus confundidos pensamientos y sentimientos.

CAPITULO 28

En su tercera semana de recuperación, Ilaria comenzaba a moverse más libremente. Para la cuarta semana ya estaba caminando por los alrededores. El doctor Valdez continuaba sus visitas a pesar de que Ilaria ofrecía ir a la clínica. "No, Ilaria, pienso que todavía debemos ser cautelosos."

Continuaban coqueteando el uno con el otro. "¿Piensas que mi piel volverá a ser color mocha otra vez en vez de lucir como los colores que tú puedes ver en el piso de un taller de pintura de autos?"

"Bueno, si no," bromeó él: "quizás podrías posar para esos calendarios que los mecánicos automotrices cuelgan en sus oficinas."

Le tomó un momento entender a qué clase de calendario se estaba él refiriendo, lo que puso sonrojo en sus mejillas y le propinó una juguetona palmada. También pensó en que el buen doctor le había quitado la ropa cuando estaba inconsciente, lo que la sonrojó más aún. Tuvo que volver a ver para otro lado.

Sus visitas eran la luz de sus días. Ilaria todavía no sabía qué hacer con su atracción hacia él, pero por ahora estaba satisfecha con su regreso a la femineidad. Sus manos extrañaban la muleta y el capote, pero algo dentro de ella sentía una gozosa libertad con sólo el hecho de ser mujer.

Si el doctor Valdez visitaba cuando Albus estaba ahí, ambos se enfrascaban en grandes discusiones acerca de eventos mundiales. Aunque Ilaria ponía intermitente atención, le gustaba escuchar a esos hombres inteligentes. La forma en que podían abordar cualquier tema la fascinaba. Le parecía divertido que los dos ellos habían construido pequeñas torres de libros variados alrededor de ella en las pasadas semanas. En cada visita uno de ellos o los dos le traían un libro para que los otros o Ilaria leyeran. Ilaria que quería aprender más, se veía un día a si misma, leyendo más tiempo, pero por ahora prefería escuchar a sus educados huéspedes. Le resultaba entrañable escuchar a los dos tan emocionados en compartir las fuentes de sus conocimientos.

Ilaria añoraba levantarse, salir, caminar y hacer ejercicio. Pronto esto animó los pensamientos de su futuro. Su falta de movilidad también la hacía extrañar su capote y su muleta. En la medida en que el dolor de su herida y su vulnerabilidad empezaron a ceder, ella sintió el deseo de seguir una carrera como torera, comenzar a crecer de nuevo. Guardó sus pensamientos sin decirle a Arturo al principio, pero cuando se sintió más confiada con esos deseos, le preguntó por los arreglos realizados y qué pensaba hacer para hacerlos funcionar.

Ilaria estuvo muy agradecida cuando fue, finalmente, capaz de dar paseos un poco más largos. Inmediatamente comenzó a redescubrir Mazatlán, caminando por sus viejas áreas. Algunas veces caminaba con el doctor Valdez cuando éste finalizaba su día de trabajo. Algunas veces su mente conversaba con su nunca olvidado abuelo.

Unos días después de que estuvo de alta, se vistió como Seve para visitar a Abraham. Se sentía rara siendo Seve otra vez. Se sentía incómoda siendo un hombre y conturbada al hablar con el matador, quien todavía no podía caminar.

Después se preguntaba, cuanto de su incomodidad era producida por el temor creado al ser corneada y cuanto de su nuevo confort era por causa del Dr. Scott Valdez.

Gradualmente empezó a trabajar con el capote nuevamente. Aún después de un mes no podía girar completamente su torso. Tomó un tiempo antes de que pudiera ejecutar pases con éxito. No estaba segura de si podría continuar. Admitía para sí misma, por la primera vez, que sentía verdadero miedo. Miedo por sí misma y miedo por aquellos que la querían.

El primer día que vistió como Seve y regresó a las prácticas en la arena, Albus se apareció con un hombre muy fuerte, de aspecto tosco, de alrededor de cuarenta años con un cabello rubio desteñido y rizado.

"Seve, permíteme presentarte al mejor picador de México, el señor Javier Alexia."

Le tomó un tiempo encontrar la poderosa mano del hombre y alargar su mano en saludo, porque ella tenía problemas en apartar su mirada de el inusual color de su cabello.

"Yo se que es ridículo," dijo Javier. Recorrió con sus dedos el objeto de sus miradas. "Crisis de media vida" sonrió él. "Y uno necesita tener al menos un poco de estilo." Seve sonrió sabiendo que a Ilaria le iba a agradar este hombre.

"He reclutado a Javier para asegurarme de que los toros sean manejados a la perfección para Arturo, y espero que pronto para ti también," anunció Albus con una gran sonrisa en sus labios.

Ilaria sabía lo importante que era para el picado leer correctamente al toro y aplicar sólo la cantidad correcta de castigo con su larga pica.

"¿Cómo te sientes?" Preguntó Javier. "¿Te has recobrado completamente de tus heridas?"

"La mayor parte," respondió Ilaria, quien entonces encontró una voz lo más parecida a la de Seve y dijo: "Pero no estoy seguro de poder hacerte una gran reverencia para expresar el honor de tenerte como parte del equipo."

"Entonces permíteme hacerlo yo por los dos nosotros," dijo Javier, quien entonces desafió su gran estatura con una larga, profunda y graciosa reverencia. Mientras se enderezaba, añadió con una confianza creada por años de cabalgar sobre su caballo, trabajando con matadores volubles y domando muchos toros, "esta es una excelente ilustración de lo que haré por ti y por Arturo. Pueden contar conmigo para hacer lo que sea necesario para hacerlos brillar."

Esa tarde el doctor Valdez la invitó a cenar con él en el Café París. Al final de la comida, después de que Ilaria le había enterado de todo, él hizo la pregunta que había estado en frente de todos. "¿Estás segura de que quieres continuar con el toreo?"

"No estoy segura de nada en este momento," respondió Ilaria. "Ha sido un tiempo tan diferente para mi. Yaciendo ahí sin esperanzas, dependiendo de ti y de mi familia para traerme de regreso a la vida. Una vida compartida por dos personalidades. Dos personalidades desarrolladas por el destino no por diseño. "Verás…" titubeó mientras encontraba las palabras. "Verás, todo lo que ha pasado hasta ahora ha sido por destino. Esta es la primera vez que yo he tenido que realmente pensar y decidir qué hacer con mi futuro. Es la primera vez que yo he realmente enfrentado las posibles consecuencias de mi mascarada."

Hizo otra pausa y bajó los ojos mirando la mesa entre ellos. Era obvio para el doctor que ella estaba luchando con sus emociones. Puso su mano sobre las manos de ella.

"No he estado segura de nada desde que fui herida." Sus ojos se alzaron y miraron a los de él, "excepto…" fue todo lo que logró decir y sus ojos, súbitamente tímidos, volvieron a mirar a la mesa.

"Excepto qué," preguntó él gentilmente.

Ilaria se recompuso, encontrando el coraje interior que le permitiera mirarle a los ojos y forzó la salida de las palabras.

"La única cosa que he sabido por seguro en estos tiempos es que siempre disfruto estar contigo."

Una gran sonrisa se formó en la cara del doctor. "Yo he disfrutado cada momento que he tenido contigo también Ilaria." Sus ojos se trenzaron por un delicioso momento y sus manos se fundieron, pero de pronto los ojos del doctor se bajaron y dejó libre la mano de ella.

"Qué," preguntó súbitamente preocupada la muchacha. "¿Temes la diferencia de edades o alguna tonta atracción doctor-paciente?"

Scott Valdez levantó su cabeza y respondió lentamente. "Bueno, sí. ¿No lo estás tú?"

Ilaria lo miró, sintiéndose más vulnerable que cuando intentaba engañar a su padre haciéndole cree que era un hombre. Comenzó a hablar, pero las palabras no brotaron. Su mano alcanzó la de él y ambas manos se reunieron. Ella apretó la mano del médico. "No sé exactamente." Necesitaba más apoyo. Ilaria se acercó y se inclinó sobre él.

Por un momento el doctor se sintió cohibido teniendo a la joven mujer adherida a él en público. Lo abandonó rápidamente y la atrajo hacia él. Ambos sucumbieron a sus emociones y se abrazaron. Súbitamente la alarma interior de Scott sonó y rompió el abrazo.

"Ilaria, hay algo que tengo que decirte."

Viendo que la muchacha estaba todavía temblorosa por el abrazo, tomó su mano entre las suyas. "¿Ilaria, me estás escuchando?"

Todavía no hubo respuesta.

"Ilaria, tengo que decirte algo importante."

"¿Qué es Scott?"

"Ilaria," comenzó él y titubeó. "Ilaria, yo estoy técnicamente…" su voz se apagó al mirarla. Aclaró su garganta. "Técnicamente yo soy casado."

Las palabras cobraron vida en la mente de Ilaria. La palabra 'casado' obviamente dominaba esa arremolinada mezcla de prosa, pero la palabra 'técnicamente' se retorcía en los alrededores tratando de confundir su significado. Ilaria retiró sus manos y se recostó en su silla tratando de ignorar la palabra 'casado'. "¿Qué quieres decir con técnicamente?"

"Quiero decir que me casé en cuanto salí de la escuela de medicina en Estados Unidos con una doctora, pero nos separamos al poco tiempo, fue entonces cuando regresé a México por la primera vez." Hizo una pausa y alargó sus manos buscando las de ella, pero Ilaria puso las suyas sobre su regazo. Él continuó: "pero hay mucho más de esa historia."

Se removió incómodo en su silla por un momento y volvió su atención hacia Ilaria. "Mi ex y yo de alguna manera logramos permanecer como amigos todos estos años a pesar de que cada uno de nosotros ha tenido relaciones esporádicas. El tiempo en que te he conocido es interesante porque ella actualmente tiene una relación seria. Lo suficientemente seria como para pedirme que me reúna con ella durante mi próximo viaje a los Estados Unidos para hablar del divorcio."

Estas palabras tuvieron un efecto calmante en ella.

"¿Cómo te sientes acerca de eso?"

"Honestamente no sé. Estoy confundido por los sentimientos que aún tengo por ella. Estoy confundido por los sentimientos que tengo por ti. Esta vez puso sus manos sobre la de ella. "Todo lo que sé es que realmente disfruto estar contigo."

Escuchando sus propias palabras, vulnerables y amorosas repetidas a ella por este inteligente y mayor hombre suavizó a Ilaria y sintió que sus emociones interiores se agitaban nuevamente. "¿Qué significa eso para mi?" Preguntó ella mirando fijamente a los ojos de él: "¿qué significa eso para nosotros?"

Scott respiró profundo y preguntó, "¿podemos continuar tratando de pasar tiempo juntos?"

"¿Hasta que te vayas?" preguntó la joven.

"Sí," respondió el galeno.

A pesar de sus mezcladas emociones Ilaria se enfocó en el médico. Pasaron el resto de la tarde recordando su loco encuentro y cómo el destino los había acercado. Esto alivió el humor considerablemente, lo que los devolvió hacia donde tuvieron su primera charla seria. El doctor encaminó a Ilaria hasta su casa después de la cena y apretó sus manos fuertemente cuando dijo buenas noches.

CAPITULO 29

La situación del doctor inyectó a Seve de nuevo en el sistema de Ilaria. Acostada en su cama pensando acerca de su relación o su falta de relación, sintió a Seve filtrándose a través de sus venas, recogiendo energía mientras viajaba. El protegió a Ilaria del peligro de los toros, y él podría también protegerla de las injusticias de la vida. Sus manos buscaron debajo de su cama y extrajeron su capote. Lo dejó caer encima de ella y sus dedos recorrieron la tela en toda su extensión. Su mente se sumergió en pensamientos del toreo. Imaginaba un toro viniendo contra Seve. Imaginó a Seve de pie con aires de realeza, lo vio girar y deslizarse con elegancia. Seve estaba de regreso e Ilaria estaba lista para continuar con su vida. Para bien o para mal estaba lista para enfrentar su siguiente desafío.

Comenzó a trabajar intensamente. Su costado continuaba resentido y recibía pequeñas punzadas, de dolor de vez en cuando pero sentía que su cuerpo estaba listo para lo que se le exigía. Sentía que el resto de su cuerpo estaba también fuera de forma. Seve y sus demandas atléticas estaban sin condición, física y mentalmente. Corría y se ejercitaba duramente.

Continuó con su tiempo con Scott, pero el que él estuviera partiendo pronto para Estados Unidos, y que estaría pasando tiempo con su esposa, eso puso una toalla mojada en los sentimientos de Ilaria. El hecho de que Seve se posesionara nuevamente de su cuerpo, la distanció sicológicamente del doctor. Todavía disfrutaban de la mutua compañía pero ya no había el coqueteo romántico y los dos silenciosamente se preguntaban si cada uno podría llegar a ser parte del futuro del otro.

Javier resultó ser mucho más que un picador. Ahora era su mentor. Su experiencia y conocimiento era profundo. Seve y Arturo tomaron la oportunidad de tener otro talentoso maestro. Un par de semanas antes de su retorno al ruedo, Ilaria miró a su hermano y dijo: "hemos aprendido tanto acerca del toreo en los últimos años, gemelo."

"Sí. En efecto."

Y de cómo refleja la vida en general," añadió ella. "Los toros tienen su naturaleza inconsciente y sus instintos para actuar sobre el caos de la vida. Nosotros por otro lado, pensamos, conspiramos y luego reaccionamos. Como consecuencia, somos más lentos por naturaleza. Y a menudo, me parece, nuestras mentes tienden a sobre pensar las cosas, creando falsas realidades que nos empujan en diferentes y algunas veces opuestas direcciones de lo que queremos hacer. Hay momentos en los que desearía ser un toro, de forma que todo lo que tendría que hacer sería reaccionar. O un pájaro, volando, flotando sobre todas estas cosas."

"Parece que todo tu tiempo con el filosófico doctor ha influenciado tu pensamiento, Ilaria. ¿O lo que estás diciendo se debe a haber permanecido en cama por tanto tiempo?"

"Probablemente ambas cosas," respondió la joven. "O tal vez finalmente he escuchado todo lo que el abuelo, Mauricio y Albus han plantado en mi cerebro." Rieron al unísono. Se dieron unos cariñosos golpes y empujones mientras se dirigían al ruedo de regreso a su entrenamiento.

Aunque ambos, Ilaria y Arturo se sentían oxidados cuando por fin regresaron al ruedo, todo transcurrió bien. Los días de celosas puñaladas traseras y descuidados compañeros solteros eran parte del pasado. Estela y Juan Carlos Jr. viajaron con Arturo y Seve. Aunque este último todavía tenia que ser muy cuidadoso con su verdadera personalidad con Javier y sus peones, Arturo e Ilaria estaban extáticos por el lujo de tener mucha familia con ellos. Ilaria, aunque realmente batallando con algún miedo, por primera vez, estaba feliz regresando a hacer algo en lo que ella se sentía confiada.

Albus supervisó todo y conservó a todos en la misma página. Algunas veces la muchacha sólo observaba al viejo hombre en quien había puesto tanta confianza. Para ella él siempre sería el desaliñado y viejo filósofo, pero ahora él lucía y actuaba muy profesionalmente. Mejoró su guardarropa y la mayor parte del tiempo hasta se afeitaba y peinaba su ahora corto cabello. Ella se sentía honrada de que hubiera respondido tan diligentemente en ayudarles.

Los gemelos estaban emocionados con tener un entrenador y protector, todo en una sola persona. Javier los desafiaba como Mauricio, pero también los protegía de los toros y del público. Sabía que estaba al final de su carrera, por eso se entusiasmaba siendo parte de algo de alguna forma revolucionario. Estaba feliz de entrenar al dueto Fuerza y Gracia y emocionado también por el talento de Arturo y Seve.

Ilaria fue muy cuidadosa en los dos primeros eventos. Javier entendió y no exigió mucho de Seve. El equipo dejó brillar a 'Fuerza' por todos ellos. En el inicio de sus viajes Arturo estaba en la cima de sus habilidades. Su familia estaba detrás de él y sus entrenamientos habían sacado lo mejor del muchacho. En algún momento durante la tercera y cuarta corrida, Seve comenzó a reinsertase y a estremecer a la muchedumbre con su gracia artística. Fuerza y Gracia estaban viniendo a ser no sólo una novedad por torear como un dueto; estaban comenzando a ser respetados por su clase y su maestría.

En realidad Ilaria nunca cuestionó el manejo del equipo. Entendía que Albus, quien ahora viajaba con ellos también, estaba supervisándolo todo y sabía que su padre estaba, al menos en algunas oportunidades, envuelto, pero más allá de eso no sabía cómo estaba todo arreglado. Estaba feliz de dejar que otros se hicieran cargo de estas cosas. Se concentraba en perfeccionar su arte. Seve se concentraba en sentir, entender y dominar los toros. Los futuros de todos ellos dependían de su habilidad de ser ese hombre, y por él, presentarse a sí mismo bien.

No tuvieron problemas en arreglar pequeños espectáculos a través de México. Todavía necesitaban ganar el derecho de participar en arenas importantes. Ilaria se sentía vigorizada por todos los viajes que su accidental profesión le había traído. Amaba descubrir las historias y los diferentes tipos de personas en su gran país.

Su relación con el Dr. Valdez cambió a ser ávidos amigos por carta. Todavía se sentía conectada a él, pero al mismo tiempo distante. Una vez a la semana se escurría hacia la calle como mujer y caminaba por la ciudad donde se encontrara. Salir una vez a la semana y escribirle a Scott le ayudaba a estar en contacto con su femineidad. Ilaria era feliz. Seve era feliz.

Para Arturo las cosas estaban igualmente bien, aunque los desafíos del viajar con su familia, a menudo hacía que sus pensamientos anhelaran la vida simple en el rancho de la familia. Ilaria sabía que su carrera dependía de su hermano, sin embargo pensaba que también estaría feliz de dejar a Seve y su traje de luces detrás, si Arturo alguna vez deseaba renunciar.

Las habilidades de los gemelos estaban aumentando y su notoriedad comenzaba a tomar vida. La dualidad de 'Fuerza y Gracia', traía a la mente las muchas dualidades del toreo. Los 1980's vieron el toreo cuestionado en muchos niveles; su futuro pesaba en las mentes de la gente. Los mexicanos parecían disfrutar este ligero giro en el toreo. Con años de contienda provincial y el gobierno de un sólo partido político, México estaba cambiando y parecía que había un llamado para una nueva cooperación en la sociedad mexicana. Así que esa idea del trabajo en grupo dentro del toreo parecía captar un sentimiento especial en los mexicanos, permitiendo a esa forma de arte luchar en contra del menguante deporte. Lo que era claro para los experimentados y conocedores Javier y Albus era que ellos eran parte de algo especial. Arturo y Seve lo sentían y ese sentimiento los inspiraba a llevar su arte a los más altos niveles.

Ilaria vio al Dr. Valdez un par de veces cuando pasaron por Mazatlán, y su correspondencia continuó. Ella supo que en efecto, él estaba consiguiendo el divorcio. El no daba mayores explicaciones y ella tampoco preguntaba acerca de ello. A pesar de que la complicada relación de Scott con su esposa estaba llegando a un final, había una barrera entre ellos. La diferencia de edades y el alter ego de Seve mantenían cierta distancia. Ella valuaba su amistad y añoraba más, pero encontraba que sus cartas eran ocupadas por Seve, quien estaba concentrándose en la corrida.

Una noche, cuando caminaban por la playa absorbiendo la belleza natural, Scott le dio voz a la clase de palabras que habían danzado en sus mentes. "La vida es tan impredecible. Nosotros debemos tener una de las más extrañas amistades del mundo. Nos escribimos y caminamos juntos como enamorados y tenemos el nivel de confort de una vieja pareja de casados."

Esos pensamientos tocaron el corazón de Ilaria, lo que trajo una tibia sonrisa a su rostro.

"Yo tengo 40 años," continuó: "Y nunca he conocido lo que mucha gente llamaría una relación normal con una mujer." Se detuvo y se volvió hacia Ilaria, quien también se detuvo y miró a su amable y amorosa faz. "Y tú tienes 23, y pasas la mayor parte del tiempo siendo un hombre." Ilaria le dio un ligero puñetazo y luego puso su cabeza en el pecho de él y lo lanzó al suelo, cayendo ella encima de él. Scott empujó y jaló hasta lograr quedar en posición de sentado e Ilaria terminó quedando con su cabeza en el regazo del doctor. Lo miró. Con una mano él apartó su pelo hasta descubrir lo suficiente como para inclinarse y depositar un gentil beso en su cabeza. Al comenzar a levantar la cabeza, contenta con este seguro pero amoroso contacto, Ilaria puso ambas manos alrededor del cuello del galeno y atrajo los labios de él hacia los suyos.

Ilaria, Arturo y el resto del equipo estarían de regreso en el camino al siguiente día. Scott estaba apunto de besarla otra vez la noche anterior cuando llegaron a casa, pero Estela salió y los saludó, lo que terminó separando a la insegura pareja. Después del beso, permanecieron sentados en la playa por un rato, con Ilaria inclinada sobre él. Estaban silenciosos y cada uno enfrentaba su propia conciencia. Con la intencional interrupción de su despedida, una vez más quedaron dentro de una nube de deseo incierto.

Los meses y las ciudades pasaban y había gran excitación donde quiera que Fuerza y Gracia iba. Sus públicos eran cada vez más grandes y vocingleros. Las plazas eran más grandes y más prominentes. Albus y Javier trataban de quitar la atención sobre Arturo y especialmente sobre Seve, tanto como podían, pero los hermanos sentían la presión y sus responsabilidades crecían. Ilaria paró de caminar. Sentía que era demasiado riesgoso, especialmente si estaban en una ciudad relativamente pequeña. Sentía a Seve tomando control sobre su ser. Algunas veces era grandioso esconderse detrás de su excéntrica confianza. Esto conservaba a la gente a distancia. Algunas veces era divertido tener a los niños siguiendo a Seve y a los adultos tratándolos con tanto respeto. Empezó a sentir que su femineidad se escapaba una vez más. No sólo sentía que Seve estaba a cargo de su mente, también experimentaba cambios físicos. Su menstruación comenzó a ser irregular y poco frecuente y cuando aparecía era completamente sin consecuencia. Mucho de sus pechos también parecía ser absorbido por los músculos que crecían alrededor de sus hombros y pecho. Trataba de no pensar en los problemas de género. Era muy conturbador.

Por mucho que Seve disfrutaba estar en el ruedo, Ilaria había venido a ser más y más cautelosa con la vida fuera de él. Siempre había dejado que Seve brillara en el ruedo y siempre hizo lo mejor para mantener a Seve escondido cuando estaba fuera del ruedo. Pero ya no sabía qué hacer con Ilaria, así que decidió dejarla desaparecer por un tiempo.

Para Arturo, que era en el fondo tímido y que amaba los tiempos simples y tranquilos con su familia, toda la atención y los viajes habían comenzado a cobrar su precio. Se convirtió en irritable e irrazonable. El equipo estaba estresado.

Buenas noticias vinieron con el primer contrato en la plaza de Mazatlán. Aunque Ilaria sabía que esto significaba enfrentar el fantasma de haber sido herida ahí, estaba animada por estar en casa un tiempo. Arturo estaba tan emocionado cuando escuchó la noticia que tomó a Juan Carlos Jr. y bailó con él alrededor del hotel, cantando y haciendo a su hijo reír alegremente.

CAPITULO 30

"Ilaria," exclamó Arturo, quien estaba viendo la televisión, "Ilaria, necesitas ver esto." Su voz asustó a la joven. Temía ir a la sala donde su hermano estaba, ahora sentado inmóvil y silencioso.

En un lado de la pantalla estaba una foto del ex-novio de ella, Rafeal, en el otro un video de él ejecutando pases con maestría. Un reportero decía "… considerado uno de los más promisorios toreros en todo México."

"¿Qué está pasando?"

Arturo lentamente volvió la cabeza y miró a su hermana. "Está muerto Ilaria, Rafeal fue corneado de muerte."

Ella miró a su hermano con la mirada en blanco. Un sentimiento enfermo recorrió su cuerpo. Se sintió inestable y puso una mano sobre el hombro de su hermano para conservar el equilibrio. Su peso se venció y ella colapsó sobre el piso. Lágrimas brotaron de sus ojos. Arturo saltó de su silla poniendo ambos brazos alrededor de la caída Ilaria. También en los ojos de Arturo había lágrimas cuando la realidad de las noticias y la reacción de su hermana sobrepasaron su inicial compostura. Estela entró al cuarto a tiempo de escuchar las palabras de muerte. Se arrodilló y se fundió con ellos en su dolor.

Todos habían crecido en el mismo pueblo. Todos conocían a su familia y amigos. Lo recordaban como niño, como adolescente y como joven. Era tan talentoso. De todos los toreros jóvenes que habían conocido, él parecía el invencible. Esto ponía una dolorosa reflexión acerca de su vulnerabilidad. Si Rafeal pudo perder su vida, ellos también podían. Su siguiente corrida era en Mazatlán. Las escenas de la corneada de Ilaria y la incapacitación de Abraham la hacían más relevante. Era una fortuna que tuvieran un mes, antes de la corrida. De otra manera podrían no haber sido capaces de conjurar la voluntad de torear. El pensamiento de la corrida que se aproximaba les resultaba deprimente a todos ellos. En lo privado Estela no pudo evitar pedir a Arturo que considerara abandonar tan peligrosa profesión. Él trató de dar confianza a su esposa, pero en su interior, la muerte de Rafeal aumentó su disgusto con relación al toreo.

No fue si no hasta que Albus y Javier sugirieron a Arturo y a Seve dedicar su corrida al camarada caído, que ambos fueron capaces de encontrar una motivación para iniciar su preparación. También se decidió traer a Abraham al ruedo en demostración de respeto y permitirle mostrar su recién adquirida habilidad de caminar nuevamente. El Dr. Valdez estaba todavía en Estados Unidos, pero prometió estar de regreso tan pronto como pudiera.

Seve había finalizado sus ejercicios y estaba abandonando la plaza cuando un hombre del pasado de Ilaria lo tomó por el brazo. "Hola Seve" dijo Adrián, "¿o debo decir Ilaria?"

"¿Qué quieres?" Dijo Seve, sonando muy lejano, mientras Ilaria se sentía enferma viendo una temblorosa, desaliñada versión de su antiguo amante.

Adrián rio. "Oh, ahora estás tan alto… ¿no es así?"

Seve intentó escaparse de la mano del joven, pero el tembloroso Adrián apretó más. "Al menos podrías darle un poco de dinero a un hombre que ha caído en desgracia."

Ilaria introdujo su mano en el bolsillo de Seve, sacó todo lo que contenía y lo tiró al suelo.

Adrián soltó el brazo de Seve para ávidamente recoger las monedas.

El torero aprovechó el momento para alejarse sin volver la vista atrás. Ilaria se sentía horrible al recordar cuán creativo, romántico y apasionado en luchar contra la injusticia había sido ese hombre. ¿Cómo podían haber cambiado tanto en sólo algunos años?

Se sentía tan molesta por la fealdad de ese trozo de su vida que no se atrevió a contárselo a nadie, ni siquiera a Arturo. Le preocupaba que Adrián tratara de desenmascarar su farsa, pero algo le decía que el muchacho estaba demasiado alejado de la realidad como para ser realmente un problema.

Ilaria nunca se había sentido tan insegura de sí misma. De los dos hombres que ella realmente había amado y con los que se había acostado, uno estaba muerto y el otro destruido. Su reciente interés amoroso, si se le puede llamar así, era 18 años mayor, y lejos, en otro país. Todo el equipo notó que algo era diferente, pero cuando alguien intentaba penetrar su coraza, Seve tomaba control y los alejaba. La situación era más perturbadora para Arturo, quien sentía que su gemela estaba perdida en el ruedo. Por primera vez le preocupaba que Seve estaba comenzando a dominar a Ilaria.

Hubo algunos cambios sutiles en Seve. Era más severo, entrenaba más duramente, se quejaba más y su lengua era más afilada. Era más difícil encontrar a Ilaria. Sólo Juan

Carlos Jr. parecía ser capaz de sacarla. Al principio todos pensaron que era divertido cuando Ilaria, vestida como Seve hacía sonidos infantiles y actuaba como la tía Ilaria. Estela estaba en realidad un poco preocupada acerca de cómo esa doble personalidad podría dejar una confusa impresión en su niño.

Al escuchar esto, Albus trató de darle una diferente perspectiva. "No te preocupes Estela, míralo de esta manera. Sea Ilaria o Seve, Juan Carlos Jr. sabe que lo aman. Él es realmente afortunado. Quizás, a diferencia del resto de nosotros, desesperanzados y juzgadores adultos, él, de forma natural, ve a la gente no por cómo se ven si no por lo que son."

Dos días antes de la corrida, Ilaria recibió una carta de Scott diciendo que no iba a poder regresar a tiempo para el evento: "así que es mejor que no te lastimes." A pesar de su broma, ella se sintió decepcionada, lo que pareció permitir a Seve más control. El día de la corrida, Albus, Javier y Arturo no sabían que esperar. A diferencia de sus anteriores corridas, en las que se habían sentido en sintonía, Arturo no sabía qué esperar de Seve.

La tónica se estableció inmediatamente cuando Seve provocaba al primer toro desde el primer momento en que entró al ruedo, hasta que la vida le fue quitada por un poderoso golpe de su espada. Le lanzó tierra con una patada, lo abofeteó cuando pasaba y hasta lo agarró por la cola. Nada de esto tuvo un tono humorístico como es frecuente cuando el matador quiere entusiasmar al público.

La seriedad de Seve llenó todo el espectáculo de tensión desde el principio hasta el fin. No sólo se burlaba del toro, si no que también ejecutaba sus pases con excéntrica proximidad. Arturo observaba cada momento con miedo y con algo de decepción. Todos los desafíos que Ilaria había enfrentado últimamente habían colocado una cuña entre los gemelos, como lo había hecho antes el incidente que deshabilitó a su padre muchos años atrás. Arturo se dolía de la pérdida de su cercanía que los había lanzado al estrellato juntos.

Esta corrida fue bien criticada por el mismo personaje que le había dado el nombre al dúo. "Hoy vimos a Fuerza tomarse el día libre para permitir a Gracia brillar en una forma en la que muy pocos matadores mexicanos han nunca ejecutado. Su aproximación fue tan atrevida que todos los que lo observamos éramos simples mortales viendo a un intrépido dios amaestrar al toro como si con una mano masajeara el cerebro de la bestia y la otra le apretara los cojones, mientras una tercer y cuarta mano manejara la muleta con la gracia que sólo Seve posee. Vimos incrédulos cómo el matador mostró una completa ausencia de miedo a la muerte o a la herida. Ese hombre trascendió su forma humana. Hoy él fue como un espíritu que estuvo tan cerca del toro que todos nos preguntábamos si los cuernos del toro estaba en realidad pasando a través de un ser inmortal. La temeridad de Seve fue tan desafiante que nosotros no podíamos creer lo que estábamos viendo. ¿Puede este hombre continuar ejecutando con tanta bravura? Como escritor, como aficionado al toreo, no puedo esperar para averiguarlo."

Esa noche, tanto Seve como Ilaria se emborracharon. Toda la tensión y el miedo que fue puesto a un lado por Seve ese día en la arena, cayó sobre Ilaria por la tarde. Afortunadamente Albus pudo sacar a Seve del bar antes de que algún cliente pudiera exponerlo a más de lo que ninguno de ellos podría imaginarse. Agradeció a Dios que el taxista no tenía idea de quién iba en su vehículo, porque la femineidad de Ilaria se hacía rápidamente notoria a pesar de estar vestida como hombre. Albus sonrió al taxista y aplacó sus inquisitivas miradas con un: "muchachos de estos días, qué le vamos a hacer. Locas formas de vestir y locas formas de vivir."

Cuando Ilaria despertó el siguiente día, alrededor del medio día, entró a tropezones al cuarto principal del apartamento para encontrar un montón de cajas empacadas y el resto de la familia preparándose para partir. "¿Qué está pasando?" Preguntó, alzando la mano para tratar de disminuir el dolor de cabeza.

"Regresamos al rancho Ilaria," le informó Arturo.

"Oh… ¿cuando regresas?" Estas palabras trajera la otra mano de hacia su estómago, pues estaba sintiendo nauseas.

"No entiendes Ilaria. Nos vamos a casa para bien. Me retiro del ruedo."

Las palabras bailaron alrededor de la cabeza de Ilaria tratando de encontrar algo que pudiera entender. Se sentó, eructó y miró a Arturo, preguntando: "¿qué dijiste?"

Arturo se aproximó a su hermana, se apoyó sobre una rodilla y tomando una de sus inmóviles manos, dijo: "he decidido…" miró a Estela y recomenzó. "Hemos decidido que es tiempo de regresar a casa, trabajar el rancho y criar a nuestro hijo en un ambiente protegido."

Esta vez, suficiente del cerebro de ella había despertado, lo que le permitió escuchar las palabras 'hemos decidido hacer esto sin hablar de ello' contigo. Oyendo sólo esas palabras y no aquellas dichas con ternura, la hicieron quitar la mano de su hermano de las de ella. No había lágrimas en los ojos de Ilaria mientras Seve miraba a su hermano con una mirada fría y le gritaba, "¡Tú has decidido abandonarme, empacar e irte sin siquiera hablar conmigo!"

"No, mi gemela. Yo siempre estaré contigo, pero Seve se ha graduado más allá de Fuerza y Gracia. Si vas a continuar toreando, es tiempo de que brilles por ti misma. Me has sobrepasado en habilidad y siempre has tenido más pasión que yo." Con esa confesión Arturo se sentó en el suelo en frente de ella. "Es tiempo para mi, Ilaria. ¿Puedes entenderlo?"

Ella miró a su hermano y la mirada de Seve se comenzó a disolver. Pero entonces Ilaria se levantó, caminó hacia su cuarto y cerró la puerta de un azotón. Muy poco más fue dicho. Antes de que la noche cayera Arturo y su familia estaban en el autobús dirigiéndose a Santa Rosalía.

CAPITULO 31

Ilaria descansó en Albus y Javier para hacer todos los ajustes necesarios después del retiro de Arturo. Tomó varias conversaciones con Albus a lo largo de varios días para que la muchacha se decidiera a continuar toreando. Y más conversaciones se necesitaron entre Seve y Javier para diseñar una nueva forma de enfrentar la carrera del muchacho como solista. Arturo le escribió a Ilaria una larga carta de disculpa por la abrupta partida de su familia, en la que enfatizaba cuánto la amaba y que ellos estarían detrás de ella en cualquier forma posible. Mencionó ideas de cómo ella podía ser mas exitosa por sí misma, y sugirió que cuando ella estuviera lista para retirarse debería regresar al rancho. Le informó que había inventado una nueva historia de cobertura para Ilaria. Le dijo a sus padres que Albus la había empleado para ayudarle con el equipo de Seve. Esto justificaría que Ilaria permaneciera en el mismo lugar que Seve. De esa forma ni él ni Albus tendrían que preocuparse por equivocaciones en la verdadera ubicación de la joven.

Ilaria pasó algún tiempo con Scott cuando regresó a Mazatlán. Tuvieron buenas caminatas y algunas comidas juntos en el Café París. Hubo algunos abrazos, algún tomarse de las manos pero nunca fueron más allá. Sus besos eran tiernos y rápidos, nunca profundos o sin restricciones como el que se dieron en la playa.

Ilaria le dio a Seve otra arma para su arsenal de torero. Rabia. Ilaria estaba furiosa con la partida de Arturo, furiosa por su falta de suerte con el amor y más que todo, estaba furiosa con un mundo que la forzaba a disfrazarse de hombre. También aún sentía cierto tipo de amargura hacia sus padres y rabia en contra de Dios que le quitó a su abuelo. Rabia puede ser motivadora. Rabia puede también ser peligrosa.

Javier trabajó más con Seve en su estado mental. "Arturo ya no va a estar en el ruedo contigo, así que hay ciertos hábitos mentales que necesitas cambiar."

Javier y Seve se vistieron con su traje completo de matador y trabajaron con toreo fingido. Javier inventaba situaciones con el toro y Seve reaccionaba con los pases y movimientos apropiados. Hicieron eso día tras día, hora tras hora hasta que Seve hubo perfeccionado el desplazamiento de los pies y mostró un lenguaje refinado al aproximarse, al burlarse del toro y al cansarlo. Como Mauricio, Javier hizo mucho uso de la repetición. Como Mauricio, tenía una fuerte presencia aumentada por su fuerza física. Pero Javier también tenía un lado muy sensitivo y gentil. A menudo ponía su gran mano sobre los hombros de Seve mientras le explicaba algo, y lo abrazaba como a un hijo cuando lo saludaba o enfatizaba su placer en algo. Ilaria tenía gran respeto por él y habían venido a ser buenos amigos.

"¿Algunas veces ha sido difícil para ti ser un hombre gentil y amoroso siendo tan grande y fuerte?"

"Oh sí," respondió Javier, quitándose los lentes de sol para poder mirar directamente a los ojos de Ilaria. Después de una pausa continuó: "Desearía poder vivir en un mundo donde pudiéramos siempre actuar y decir lo que deseamos sin que alguien nos prejuzgue por nuestra apariencia."

Seve sostuvo la mirada de Javier por un momento, después bajó la mirada y pateó tierra con sus botas y preguntó, entonces: "¿cuál es nuestro siguiente trabajo?"

Él estaba muy impresionado por la dedicación de Seve por el deporte. Eso, combinado con su respeto por la gracia artística del muchacho, inspiraban a Javier a dar aún más de sí mismo en el desarrollo del matador. Sus esfuerzos se vieron cuando regresaron a la gira. La cruda pasión de Seve que había asustado y conmovido a la muchedumbre en Mazatlán había sido refinada y logrado un más elegante control de él mismo y del animal. Ilaria entraba en la cabeza de cada toro que enfrentaba y Seve los manipulaba con disciplina y arte. Gracia estaba eclipsando a los otros matadores con lo que había sido emparejado. No sólo era de su gracia artística de lo que se hablaba en las graderías, si no que Seve hizo uso de su nueva ira interior para añadir drama y dominio en sus muertes.

Albus estaba entusiasmado con Seve porque no estaba teniendo ningún problema en conseguirle eventos. Pero estaba preocupado por Ilaria. La severa y excéntrica personalidad sacada de la nada e imaginada como un escudo para Ilaria, irónicamente se había convertido en fuego que la consumía. Sin Arturo, Estela y Juan Carlos Jr. alrededor de ella, fue como que Ilaria realmente no tenía que surgir. Albus notó que las cartas para y del Dr. Valdez habían disminuido. Cuando preguntó acerca de Scott, Ilaria respondió que era difícil continuar sintiéndose cerca de alguien que siempre estaba tan lejos. "Siempre que estamos juntos nuestra amistad se siente natural. Es entonces cuando podemos hablar de cualquier cosa o disfrutar gozosamente de tonterías y de cosas que no significan nada. Pero cuando yo viajo y él pasa tiempo en Estados Unidos, nuestra correspondencia tiende a ser solamente hablar de rutinas, de nuestras vidas no compartidas. Todavía es bueno saber que hay alguien siguiendo tu vida, pero no es lo mismo que tener a alguien directamente envuelto en tu vida."

Un razonamiento muy al estilo de negocio, pensó Albus.

Por más que Seve estaba en control durante el día, Ilaria era turbada por sueños recurrentes por la noche. El tema consistente de sus sueños era Seve siendo descubierto como Ilaria. La terrible imagen del desaliñado Adrián reaparecía en sus sueños jalando sus ropas o apuntándole acusadoramente con el dedo. La imagen de la vieja adivinadora del futuro que conoció en Guadalajara, a menudo reaparecía con ásperas palabras y acusaciones. En un sueño Ilaria se sentó en una silla, en una esquina, con su lado izquierdo surrealísticamente vestido como mujer y el derecho vestido como matador. La silla de ruedas de la anciana estaba pegada a las rodillas de ella mientras le hablaba de todas las muertes que había ocasionado. "Algún día tú también estarás tendida sobre el suelo mexicano en un charco de tu propia sangre. La única diferencia entre tú y los toros cuyas vidas has quitado es que tú serás cargada en una camilla en vez de que claven un garfio en tu cuerpo sin vida y te arrastre un grupo de caballos."

Cuando Ilaria compartió algunos de sus perturbadores sueños con Javier, él dijo: "Pesadillas son parte de ser matador. Tan dificultosas como pueden parecer, muchos matadores están felices de vivir suficiente tiempo como para batallar en contra de esas aterradoras imágenes nocturnas."

La noche era un tiempo muy solitario para Ilaria. A menudo se levantaba para caminar. Algunas veces tocaba a la puerta de Albus y le pedía le permitiera dormir cerca de él.

CAPITULO 32

En la medida en que la notoriedad de Seve crecía, también crecía el tamaño de las ciudades y de las plazas. Finalmente, el sitio donde ni su hermano ni su padre tuvieron nunca la oportunidad de torear, la vieja y grande plaza de la Ciudad de México, le fue ofrecida al equipo de Seve e Ilaria. Arturo había asistido a un par de las corridas de Ilaria y veía todos sus eventos televisados. Él e Ilaria habían hecho cierta paz y él le escribía largas cartas de sus impresiones de sus corrida y le informaba de todo lo que sucedía en la familia. Ella extrañaba tener a su gemelo cerca pero tenía que apreciar la ironía de su papel de soporte siendo similar al de ella cuando su hermano comenzó su carrera seis años antes.

Una vez Seve fue acomodado en un lujoso hotel de la Ciudad de México, Ilaria se sentó a leer las dos cartas dirigidas a Seve pero pensadas para Ilaria. Abrió primero la carta de Scott. En ella le informaba que le habían quitado la clínica y la casa porque el propietario iba a construir unos apartamentos de lujo en la propiedad. Prometía volver a Mazatlán y abrir otra clínica pero por ahora regresaba a los Estados Unidos donde podía trabajar y ahorrar algún dinero. Finalizaba su carta con: "Realmente extraño nuestras caminatas y las cenas con mi más inusual amigo, te ama, Scott."

La carta de Arturo era menos dramática pero sus descripciones de los asuntos de la familia, combinadas con las novedades de Scott, pusieron a la ahora melancólica Ilaria a pensar en su futuro. Eso era difícil para esta joven mujer que había envejecido tan dramática pero disparejamente en los últimos siete u ocho años. Una cosa que tanto Ilaria como Seve tenían en común era que ambos se orientaban a vivir el ahora. No el pasado. No el futuro. Sólo el ahora se sentía real y creíble para esa doble personalidad. Pero ese día se preguntaba qué iba a ser de su vida si terminaba mutilada. Si renunciara antes de que su cuerpo sufra una desabilidad, podría volver a Santa Rosalía y dedicarse a ser una joven en sus veintes viviendo en una ciudad pequeña. ¿Cómo podría reconciliarse con su padre después de haberlo engañado?. ¿Cómo podría reconciliarse con su madre a quien a menudo irrespetó y a quien difícilmente habló desde que era una adolescente? Al menos tenía a Arturo, a Estela y al pequeño Juan Carlos. Pero también se preguntaba cómo podría vivir sin Albus y sin Javier constantemente a su lado. Seve sacó esos pensamientos de la cabeza de Ilaria cuando se levantó y comenzó a vestirse para la cena de esa noche con los promotores y otros importantes personajes de la prestigiosa comunidad de la tauromaquia de Ciudad México.

Al día siguiente, Ilaria estaba sentada, sorbiendo su café mañanero en su adornada mesa del desayunador interior de su cuarto, mirando a través de la ventana del hotel al bullicio de la ciudad debajo de ella. Estaba cansada a consecuencia del evento de la tarde anterior, donde tuvo que hablar y fingir en la fiesta del pre-evento. Las preocupaciones del futuro fueron colocadas en el fondo de su cerebro.

No escucho que tocaran, sólo el sonido de la puerta al abrirse. Escuchó la puerta al cerrarse y a alguien caminando hacia ella pero no se volvió hasta que escuchó las palabras, "Ilaria, es tiempo de parar esta parodia."

Su corazón saltó y rebotó fuera de ritmo cuando esas palabras que siempre temió enfrentar, ahora le rodeaban. Se volvió lentamente y miró a su nervioso padre, rezando que él no estuviera pensando lo que estaba diciendo.

Su padre, también teniendo dificultad para enfrentarse con eso, quitó sus ojos de ella y comenzó a pasearse lentamente por el cuarto, frotando su cara con una mano derecha claramente temblorosa.

La vergüenza llenó el corazón de Ilaria por todo el engaño de que hizo víctima a su padre.

La tensión se rompió cuando él extendió su mano y tocó el traje de luces de la muchacha y añadió: "Siempre luciste bien con el color verde." Ella sintió lágrimas de culpabilidad llenar sus ojos.

"¿Cómo lo supiste?" Logró decir con voz entrecortada.

Él volvió su atención a ella y fijó sus ojos en ella. "Ilaria," susurró lentamente, como si fuera la única manera en que sus emociones le permitirían emitir alguna palabra. "Oh, Ilaria, siempre he sabido que tú eras Seve."

Ella había estado mirando a su regazo en profunda consciencia de sí misma. Con esas palabras su cabeza se sacudió hacia arriba, abrió mucho los ojos y miró a su padre incrédulamente.

"Lo supe desde aquél primer día en el rancho."

Ilaria, incapaz de mirar a su padre a los ojos, miró hacia una de las paredes que parecía acercarse a ella. Pero todavía logró preguntar: "¿por qué no dijiste nada? ¿Por qué no me pusiste en mi lugar?"

Después de una breve pausa su padre explicó: "claro que estaba furioso al principio por las pretensiones de una mujer infiltrándose en mi mundo y por cómo todos obviamente conspiraban para engañarme. Pero al mirarlos a los dos, se me hizo claro que a pesar de la crudeza de tu juventud y tu falta de fuerza, no podía quitar mis ojos de ti. Aunque yo había esperado ese día para Arturo por virtualmente toda su vida, yo continuaba inclinado hacia ti. Comprendí que a pesar de los progresos de tu hermano, había algo en la forma en que te comportabas. Algo en la forma en que reaccionabas ante el toro, que me hizo a mi y a todos los demás mirarte a ti." Hizo otra pausa antes de añadir: "comprendí que posiblemente tú eras muy especial para hacer eso."

Ilaria no se atrevía a hablar.

Él hizo otra pausa mientras se desviaba momentáneamente de su explicación al añadir: "no me tomó mucho tiempo comprender que todos ustedes pensaban que si podían engañarme a mi, Mauricio y tu abuelo te dejarían torear en el evento regional. Supe entonces que a mi también me gustaría ver lo que harías en una corrida real. Así que decidí seguir el juego."

Ilaria estaba sentada quietamente, sus ojos se movían entre su padre y su regazo.

Juan Carlos Sr. recomenzó a pasearse por el cuarto: "Traté de entender por qué una joven de 17 años había invertido todo el verano en el rancho, practicando algo que no significaba nada para su futuro. Todas las repeticiones, todas las carreras, todas los golpes en el trasero. Me imaginaba cómo estarías siempre sucia, siempre adolorida y amoratada. Pensé cómo la mayoría de las bellas jóvenes de tu edad estaban o haciendo compras o jugando con el maquillaje o haciendo todo lo posible por conseguir que jóvenes cachondos las miren y se babeen por ellas. Por primera vez empecé a ver tu testarudez y tu ciega determinación como algo bueno. Y a eso, dándole un escenario adecuado, esas características tuyas, ese carácter tuyo podría en realidad ser más bello que cualquier cosa que esas otras jovencitas exhibían. A pesar de mi mal humor y mi insatisfacción con la vida en ese momento, estaba impresionado y aún algo sorprendido por ti."

El sencillo desayuno de Ilaria, tostadas y café fue llevado a su cuarto al día siguiente. El gran sol mexicano brillaba a través de la ventana, desvaneciendo todo lo que encontraba a su paso mientras enriquecía el contraste con el resto del cuarto. Ilaria inició los movimientos de alimentarse, mientras su mente estaba perdida en las palabras de su padre. Él habló de muchas cosas la mañana anterior cuando desafió la mascarada. Habló del peligro de continuar con el engaño. Seve se estaba haciendo famoso, una figura nacional. Era sólo asunto de tiempo que los promotores y los políticos estarían buscándolo. Era sólo asunto de tiempo que en alguna manera, en alguna forma, alguien se iba a dar cuenta de que ella no era quien pretendía ser. Dijo que había escuchado rumores de que gente ya estaba cuestionando su historia inventada, que no era auténtica. Trató de enfatizar que los riesgos eran muy altos, para ella, para su familia, sus amigos, sus compañeros toreros y aún para el orgullo y el orden nacional. La urgió a abandonar. Y cuando ella le dijo que sólo ahora se estaba sintiendo que finalmente, que en realidad tenía control de su oficio, y que estaba muy entusiasmada con ese evento y con lo que el evento le podía producir, su respuesta la confundió aún más.

"Como padre, no hay nada que yo prefiera ver que verte a ti perfeccionando tu oficio y llenando tu vida lo mismo que las graderías con 'olés'. Creo que ya has hecho más por el regreso del arte del toreo que nada que yo haya visto en los últimos 20 años. En este tiempo en que parece ser la desaparición del toreo, los críticos en todo México y aún en España están hablando de un potencial revivir del arte del toreo. Y mucho de eso es por tu causa. Se que Rafeal que

Arturo, Javier y Mauricio han tenido mucho que ver con eso, pero es lo que tú has hecho en el ruedo lo que ha creado tal energía. Más aún, por causa de esa increíble influencia es que siento temor. Es tiempo de que el misterioso Seve desaparezca tan rápidamente como apareció. Sé que no será fácil para ti. Créeme. Entiendo lo que es que algo te guste, tener algo que amas y en lo que eres buena y que te lo quiten. Yo revivo cada día el momento en que el cuerno de un toro perforó mi cuerpo. Todavía duele cómo una o dos pulgadas hicieron la diferencia, para que disfrutara de la fama, la credibilidad y el respeto. En cambio he vivido una vida de lisiado. Ahora entiendo cuán pobremente manejé mi destino. Tan pobremente que casi arruiné a toda mi familia. Pero entonces te vi a ti salir y hacer lo que era necesario. Vi tu sacrificio. Te vi a ti y a tu hermano juntarse y ayudarse mutuamente para conseguir algo bueno, algo bien hecho. Todo eso me ayudó a entender que lo que es realmente importante es la gente que quieres y cómo sientes acerca de ti mismo. Vivir una vida de mascarada eventualmente te captura. Todo ese engaño es peso en tu alma."

La mente de Ilaria derivó río abajo en la corriente del pasado. Recordó a Albus diciendo algo similar, que ahora parecía haber sido mucho tiempo atrás. Pensó en su abuelo y en todo el conocimiento que le había dado. A menudo había tratado de no pensar en él simplemente porque era muy doloroso. Pero ahora sentía como que el abuelo estaba sentado enfrente de ella finalizando una de sus risitas silenciosas, mirándola de esa forma que penetraba por sus ojos directamente a su alma, y compartiendo una de esas historias para desarrollar carácter. "Sé cuidadosa Ilaria, porque una vida de engaño es una vida de mentiras. Esa clase de vida cercena tus bases. Como una araña con mil patas; una araña tal pierde una pata cada vez que miente. Al principio no significa mucho perder una de las mil patas, pero eventualmente las bases que la sostienen y guían libremente serán quebrantadas y perderá control y perecerá por su auto creada muerte."

Los pensamientos de Ilaria volvieron al resto de lo que su padre había dicho. "Ilaria, tu destino está en tus manos. No en los cuernos del toro. No en el control de la gente que impulsa esta profesión. Puedes renunciar sabiendo qué clase de regalo tu influencia le ha dado al toreo. Es suficiente Ilaria. Nunca nadie será capaz de quitarte eso, como el maldito toro me lo quitó a mi. Ahora es el tiempo, antes de que las cosas se salgan de control. Hasta se rumora que el presidente de la república estará ahí mañana. Tú sabes lo que has hecho. Tu hermano, Albus y yo siempre sabremos lo que has hecho. No sólo le has dado dignidad nuevamente al toreo, has ganado mi respeto y dado a nuestra familia y a mi una vida nuevamente. Una vida que podemos vivir juntos."

Continuó sorbiendo su café mientras las palabras de su padre continuaban danzando por los corredores de su mente. Sus ojos se llenaron con emoción líquida nuevamente al recordar las lágrimas que brotaron al abrazar a su padre la mañana anterior. No quería dejarlo ir. No lo había abrazado desde que era una niña. En realidad nunca lo había abrazado desde que aquel toro lo incapacitó y todo el mundo de ellos cambió. Su abuelo y Albus habían sido la única fuente de amor paternal y de abrazos. Por más que Ilaria se sentía tocada e impresionada con todo lo que su padre había dicho, Seve no estaba convencido de renunciar del sueño de torear en la más grande arena en la capital de la nación.

Ilaria, vestida como Seve, llegó temprano a la plaza. Todavía no sabía que iba a hacer. Caminó alrededor del ruedo. La iglesia de Ilaria. La catedral de Seve. Pateó tierra y mantuvo una silenciosa conversación con Dios. Finalmente se dejó caer cerca del centro de la arena y miró hacia arriba hacia donde ella esperaba que fuera el cielo y comenzó a orar. Lentamente una cálida resolución comenzó a apoderarse de su escondido cuerpo femenino. Se levantó del escondrijo terroso de la casi silenciosa plaza, se persignó, levantó su brazo derecho y lo extendió completamente hacia el cielo como si pudiera agarrar alguna fuerza del Dios con el que había estado conversando. Supo lo que tenía que hacer primero, luego pensaría en el resto.

Buscó a Javier, quería conseguirlo a solas en el vestidor, pero cuando lo encontró en un relativamente quieto lugar debajo de la gradería norte, ella no pudo esperar. Pensó que si tenía que llevarlo a algún otro lugar para hablarle, esto agravaría la ya dramática situación. No pudo esperar más, tenía que decírselo ahora.

"Hay algo que tengo que decirte," dijo mientras aferraba los hombros de Javier con sus claramente nerviosas manos.

Javier estudió sus ojos y vio su desesperada resolución y simplemente dijo. "Ya lo sé." Continuó lentamente mientras

Ilaria lo veía con una mirada de incredulidad confundida. "Lo supe prácticamente desde el principio," continuó. "Al principio pensé que era raro, pero me pareció que si estaba bien para Albus, estaba bien conmigo. Sólo esperé siempre que me lo confesaras tú." Hizo una pausa y continuó: "gracias, mi importante señorita." Los ojos de Ilaria se agrandaron al ver a quien pensó era amigo de Seve y una figura paternal. Se recompuso y vio que los ojos de Javier estaban húmedos, lo que, claro está, provocó el llanto de la muchacha. Se acercó y puso su empapada cara sobre el pecho de él mientras murmuraba: "tú también sabías… Increíble."

Las manos de Javier colgaban inertes a sus costados mientras miraba de arriba a abajo para ver si alguien estaba observando este excesivamente afectuoso abrazo 'de hombre a hombre'. Una vez que creyó que nadie lo notó, colocó sus grandes y fuertes brazos alrededor de la mujer que tanto admiraba, sintiendo que era como sus amada hermana más joven, en un mundo caótico. Pronto comprendió que había estado deseando abrazarla de esa manera, en todos los tiempos de frustración y de gloria.

Javier rompió el abrazo pero retuvo los brazos de ella fuertemente con sus grandes manos. "Tengo algo que confesarte también," dijo nerviosamente. Trató de hablar pero no pudo poner sus labios a trabajar.

Ilaria miró a uno de los hombres que le había ayudado a llegar a ese día contra todo pronóstico, "Javier, si estás tratando de decirme algo como hombre, quiero decir...bueno, tú sabes lo que quiero decir. Yo sé de eso también."

Con esas simples palabras el la jaló de regreso a sus brazos y la apretó fuertemente.

Cuando la hora de comenzar la corrida se acercaba, Ilaria, vistiendo su traje de luces, se sentó perdida en sus pensamientos en su vestidor, a solas, todavía indecisa de qué hacer. La puerta se abrió y entró Albus, quien le ofreció su mano. Ella la tomó y le permitió ponerla de pie. Javier entró y abrazo a Ilaria.

Ella advirtió que otros dos matadores, ya completamente vestidos de luces habían entrado también al cuarto. Le tomó un momento comprender quienes eran. "¿Padre, Arturo, son realmente ustedes?"

Logró decirlo a pesar del choque de ver a su padre vestido de torero. "Te ves estupendo papi, pero, ¿por qué...?"

"¿Por qué estoy vestido así?" Finalizó el padre su pensamiento. "Estoy vestido así para poder estar a tu lado hoy sin importar lo que decidas hacer."

La muchacha abrazó a su padre. Sus ojos se cerraron cuando su suave mejilla se presionó contra el fuerte cuello y los hombros del padre. Respiró el aroma de su amor y su confianza. Por un momento ella era una niña otra vez, con la chispa de juvenil confianza en sus ojos, acercándose a quien debía ser el primer hombre en la vida de toda niña, su padre. Se acercó a Arturo y lo atrajo en un familiar abrazo.

Ilaria entró al ruedo y la ovación comenzó a crecer. Pero no se detuvo en el centro del ruedo para saludar a los principiantes y a los aficionados. En cambio, continuó hacia el lado opuesto donde se le pudo ver conversando con algunos de los oficiales del evento. El confundido público disminuyó su entusiasmo y los saludos, preguntándose qué estaría pasando. Cuando ella regresó al centro del ruedo, traía en sus manos un micrófono. Miró al palco de personas importantes y vio que el Presidente de México y su familia estaban presentes. Ella hizo el tradicional saludo con su montera para reconocer su presencia, mascullando: "oh, mierda." Había tomado una decisión y nada la iba a detener. Seve se detuvo en el centro, pero en vez de hacer las cuatro reverencias tradicionales hacia el Este, el Sur, el Oeste y el Norte, simplemente llevó el micrófono a su boca y esperó. Tenía dificultades para respirar, estaba más nerviosa de lo que nunca se había sentido, ni siquiera frente al toro.

"Hola, hola," dijo simplemente, quedándose quieta mientras el público se calmaba nuevamente. "Todos ustedes me conocen como Seve Catalón, y estoy aquí humildemente agradeciendo todo el apoyo y aclamaciones que han hecho llover sobre mi." Otra vez se detuvo y esperó que adicionales aclamaciones, aplausos y patadas en el piso se volvieran a aquietar. "Pero..." ella escuchó su propia voz quebrarse al intentar continuar. Miró nuevamente hacia su padre. Juan Carlos se dirigió hacia ella con su mano, derecha con la que formó un puño y lo llevó con autoridad hacia la parte izquierda de su pecho, colocándolo sobre su corazón. "Pero no soy Seve Catalón." Apenas pudo pronunciar las palabras por lo que no mucha gente en la multitud ansiosa pudo comprender lo que había dicho. Sentía como si su garganta estuviera colapsando y no estaba segura de poder continuar. Se sentía mareada. Pensaba que podía desmayarse. Creyó ver que Javier, su padre y Arturo se dirigían hacia donde estaba. Súbitamente sintió la corriente de adrenalina penetrar su cabeza y pudo escuchar la voz de Mauricio: "¡mantén tu cabeza en alto y convéncete de que eres realeza!"

"Soy Ilaria Oniveres," con esto removió su montera de la cabeza y soltó su largo cabello como si estuviera liberando su femineidad para que todos la vieran. "Sí." Ella dijo atrevidamente y comenzó a ver a las distintas secciones de la plaza mientras su cabello flotaba con el viento alrededor de su sus hombros y rostro. "Sí, soy una mujer, soy la hija del gran Matador Juan Carlos Oniveres. El gran maestro Mauricio Pimental me entrenó. Soy la nieta del gran ranchero Prisciliano Oniveres y mi compañero matador Arturo Oniveres es mi hermano, mi gemelo." Aunque hubo algunos abucheos y obscenidades lanzadas hacia ella, la mayor parte de la plaza estaba en silenciosa incredulidad de lo que estaban escuchando. "Siento mucho si los he engañado, pero estos hombres y otros…" Hizo una pausa para mirar a los hombres detrás de ella. También sacó el medallón que siempre colgaba de su cuello. Frotó el medallón que le diera el abuelo. Entonces miró directamente a la cámara que televisaba ese momento para todo México. Aunque su voz se quebraba, logró decir: "madre, Estela y Scott…"

Se recuperó lo suficiente como para continuar: "esta gente

creyó en mi a pesar de ser una mujer." Los abucheos aumentaron y algunas voces feas se empezaron a escuchar. Pero con Javier y Juan Carlos ahora permaneciendo a su lado, Ilaria finalizó diciendo: "siento mucho haberlos engañado. Estaba hasta arrepentida de haber nacido mujer. Hoy, solamente estoy triste porque no voy a poder torear para ustedes como la persona, como la mexicana que realmente soy." Soltó el micrófono y salió del ruedo con sus guardianes. Mientras salían las burlas aumentaban y algunos aficionados tiraban comida y objetos variados en contra de ellos. Súbitamente Ilaria cayó y sus dos guardianes la llevaron al túnel donde Albus con un rostros triste se les unió. Su colapso fue causado por el conjunto de emociones que sobrepasaron su resistencia. Su padre y Javier se arrodillaron y la rodearon con la fuerza que todavía les quedaba. Todos estaban llorando. Ilaria, medio coherente balbuceaba cosas como: "qué he hecho, ¿quién yo pensaba que era, qué he hecho a todos nosotros?"

Algo extraño estaba hirviendo en la multitud.

La burla y los comentarios groseros venían principalmente de hombres, mayormente de hombres borrachos. Las cabezas de los niños giraban de un lado a otro al no entender o no saber qué pensar. Había una extraña rigidez en todas las calladas mujeres. El concentrado poder de su silencio estaba incluso acallando a aquellos que se comportaban groseramente. El colectivo silencio femenino había penetrado tanto el sector de personas importantes que casi todos escucharon una pequeña pero emocionada niña de seis años quien gritó: "¡Mira, la esposa del presidente se está levantando!"

Elena Lonza, esposa del presidente, estaba no sólo levantándose, si no que también estaba aplaudiendo y llorando. Su hija, Melena rápidamente se unió en aplaudir y llorar. La fiebre se esparció rápidamente cuando las mujeres en toda la sección y luego en toda la plaza, se levantaron en silencio y empezaron a aplaudir. Pronto los hombres, algunos por entender y otros por temor, también se levantaron en silencio y aplaudieron. El presidente miró a su esposa y también se le humedecieron los ojos al observa su pasión. Entonces empezó a entender cómo tantas mujeres, si no todas las mujeres, en un tiempo u otro, han sentido la clase de dolor que Ilaria había vivido y que la había hecho colapsar en el piso del túnel. El presidente también se levantó. Aplaudió y comenzó a cantar el Himno Nacional. Esto se propagó rápidamente y el aplauso fue reemplazado por las voces de jóvenes y viejos, con las voces de aquellos de descendencia indígena y española, con las voces de hombres y mujeres.

Primero Javier, después Juan Carlos y finalmente Ilaria, a pesar de estar todavía aturdida, vinieron a enterarse de los regios tonos del Himno Nacional brotando de las graderías y filtrándose hasta el túnel de la plaza. Arturo buscó un lugar desde donde poder ver lo que estaba pasando. Vio a la muchedumbre cantando colectiva y apasionadamente, y cuando miró alrededor del área del túnel, vio a sus compañeros toreros también de pie, también cantando, y muchos de ellos llorando.

Miró a Juan Carlos con una expresión que significaba "No tengo idea de qué es lo que está pasando." Ilaria todavía yacía como una muñeca sin vida con su cabeza apoyada en el pecho de su padre y parte de ella enrollada en su regazo, con sus piernas sin vida esparcidas de forma no natural por el piso como si estuvieran rotas en varias partes. Juan Carlos, tan ignorante de lo que estaba pasando como Arturo, trató de reanimar a su hija. Gradualmente los fuertes brazos de su padre y el dulce y regio sonido de una nación cantando colectivamente, empezó a juntar las piezas de Ilaria. La melodía de la plaza estaba llegando al fin de su historia nacional, cuando la cabeza de Ilaria se comenzó a despejar, y reunió de alguna manera sus piernas debajo de su torso. Trató de limpiar sus lágrimas y la niebla alrededor de su cara. El dulce tono de una canción fueron pronto reemplazados por un patear generalizado. Javier, Arturo, Albus y Juan Carlos entendían eso. Era el público llamando al matador. Un llamado a la persona que los hizo dejar sus mundos individuales, tomarse el tiempo y pagar el dinero para juntarse con sus compatriotas y huéspedes que vienen de todo el mundo a celebrar el pasatiempo nacional mexicano.

Juan Carlos e Ilaria no sólo escuchaban el poderoso sonido que venía de las graderías, sino que también vieron a todos sus compañeros toreros de pie en ambos lados del túnel, mirando a Ilaria, y azotando el suelo con sus pies.

El padre de Ilaria se levantó y extendió su mano hacia ella. "Seve Catalán está oficialmente muerto. ¡Ahora están llamando a Ilaria Oniveres y su toro para que les muestre quién es el mejor hombre hoy!"

Las fuerzas y la resolución de Ilaria retornaron. Tomó las manos de su padre y se levantó. Javier reapareció con la montera de la muchacha.

Javier se inclinó cerca del oído de Ilaria y susurró: "¿piensas que si me vistiera de mujer y estuviera ahí afuera, produciría el mismo efecto?"

La broma de su amigo de confianza fue la puntada final y necesaria para reparar las heridas de Ilaria. Pidió y recibió su capote y confiadamente caminó hacia una arena llena de fervor nacional. Un fervor tan rico, que todos los que estaban ahí, y muchos que después dijeron que estuvieron, hablarían de ese día como uno de los momentos más memorables de su país.

EPILOGO

Juan Carlos, Arturo e Ilaria estaban sobre sus caballos en una colina desde la que se veía el rancho. Arturo tenía al ahora de nueve años Juan Carlos, entre sus piernas. La belleza simple de compartir la vista de la tierra que todos ellos poseían los envolvió en un largo y bendecido silencio. Arturo finalmente rompió los suaves sonidos del viento que soplaba a través de las crines de los caballos y el largo pelo negro como el carbón de Ilaria, con: "Ilaria, ¿en realidad piensas que no vas a volver a torear nunca?"

"No estoy segura Arturo," respondió. Y añadió con una gran sonrisa: "por alguna razón ha dejado de ser emocionante desde que el cabeza de toro de mi padre me convenció que abandonara la mascarada."

Esto provocó un gruñido de su padre quien volvió la cabeza hacia ella y le hizo un guiño.

Arturo continuó su tren de pensamientos diciendo: "Papá dice que ha tenido toda clase de interesantes ofertas para que torees y para otras cosas. Como anuncios en televisión. Me dijo que hasta tuvo una oferta para que fueras con él a Nueva York con todo pagado en un buen hotel si aceptabas ir al show americano de David Letterman."

"Eso si lo podría hacer," afirmo ella: "me gustaría ir a Estados Unidos."

"Sí" añadió Arturo con una sonrisa: "entiendo que tienen un montón de guapos médicos por allá."

"Sí, eso parece" respondió la joven, quien se inclinó hacia adelante para abrazar el cuello de su caballo y recorrer con sus dedos las crines, mientras pensaba en su amigo doctor.

Escuchó a su padre, su ahora manejador, mientras detallaba una gran lista de ofertas realizadas a ella tanto dentro como fuera de la arena. Se levantó y quedó erguida sobre la silla, inclinó su cabeza hacia atrás y cerró los ojos mientras se empapaba de la deliciosa tibieza del sol sobre su rostro. Mantuvo su bendecida pose hasta que su padre finalizó de enumerar las diferentes ofertas.

Su padre volvió su cabeza hacia ella y preguntó: "¿Has sabido de Albus?"

"Oh sí," respondió: "Dijo que no tenía que apresurarme en regresar al ruedo, que él disfrutaba fingir que era un vago otra vez."

Todos sonrieron al imaginar a Albus sentado confortablemente en una banca o en una silla de bar en su preferido y desaliñado aspecto.

"Y qué de Javier," inquirió Arturo.

"Me ha dejado saber que podría estar sola si insisto en torear de nuevo," contesto Ilaria. "Aparentemente se ha ido a alguna isla griega llamada Mykonos y no tiene idea de cuando o si va a regresar a México. Mauricio por otro lado, me exige que vaya a ayudarle a entrenar a una nueva camada de jóvenes toreros. Dice que si no voy a ir a ayudarle a entrenar, que por lo menos le contrate a una secretaria para atender todas las llamadas que recibe de esperanzadas jovencitas y sus familias."

Esto los dejó riendo, incluyen al pequeño niño.

Ilaria miró por encima de los otros y cuando notó que no le estaba poniendo atención, espoleó su caballo, puso las riendas hacia adelante y gritó: "¡El último en llegar lava la vajilla!" Con una nube de polvo salió disparada mientras sus rivales desesperadamente buscaban las riendas de su competitiva hombría.

ACERCA DEL AUTOR

Deamer nació y se crió en Salt Lake City, Utah. Vivió en Suiza y la zona de Washington DC. antes de establecerse en el condado de Monterey, California, hace unos treinta años. En la actualidad reside en la ciudad de nacimiento de John Steinbeck, Salinas, California. Hace unos quince años que se enamoró de México y considera que es su segundo hogar.

Deamer atribuye su amor por las artes a la visión de su talentosa madre y a todos los que comparten este tipo de pasiones. Además Deamer también sigue disfrutando de la comunidad y un sinfín de historias compartidas en su restaurante, "Pajaro Street Grill."

Desde la finalización de Fuerza y Gracia, Deamer ha terminado cuatro novelas adicionales y una colección de cuentos africanos con su colaboradora, la humanitaria Tererai Trent. A partir de esta publicación, Deamer está trabajando en cuatro novelas más. "Es un poco loco, pero todas estas historias están exigiendo mi atención. Estoy en una zona con la que cada artista sueña con encontrarse al menos una vez en su vida. ¡Es muy emocionante!"

Para más información sobre sus escritos y su arte, visite su página web: http://artbz.bz/

También por Deamer (en Ingles):

STRENGTH AND GRACE

MEETANDTELL.COM/ADVENTURE
una aventura romántica de Internet

La Serie Omar T
OMAR T in MONTEREY primera de la serie.
Misterio ligero, Steinbeck, Dali, romance, recetas

OMAR T in SAN DIEGO & TIJUANA
segundo de la serie.
Misterio ligero, Dr. Seuss, romance, recetas

Decembre 2016: **Omar T in Umbria Italy**
2017: San Francisco y New York

UMBILICAL CORD – *pronto*
Historia cortos de África con Tererai Trent

ENDORSOS:

"Como mujer mexicana-americana en mis veintes, encuentro que este libro no sólo es culturalmente acertado, si no que también encuentro que muchos de los problemas que Ilaria enfrentó en su choque con las tradiciones masculinas y los bellos pensamientos filosóficos entrelazados, son cosas acerca de las cuales estaré pensando por mucho tiempo." Anna Martínez.

"Una maravillosa historia. A pesar de las diferencias entre nuestras cultura, muchas de las luchas que Ilaria enfrentó como mujer en una comunidad patriarcal reflejan desafíos similares que las mujeres pueden estar enfrentando aún hoy en día en las sociedades dominadas por los hombres." Tererai Trent, Motivadora Internacional y Humanista.

"He leído 35 o 36 obras de novelistas publicando por primera vez, y pienso que sólo 5 o 6 valdrían la pena de ser publicadas. Fuerza y Gracia es una de ellas." Tricia Dunn.

"Fue muy satisfactorio como lectora ver a Ilaria convertir todo el dolor de su disfuncional familia, y sus tempranas experiencias con los hombres, en fuerza y carácter que le ayudaron a convertirse en una gran torera y llevar adelante una asombrosa mascarada de identidad." Susan Kraker.

"Me encantó la alegoría de cómo la pompa y la nomenclatura del toreo relaciona a las culturas Mexicana y Española, y cómo todo se ve con una diferente luz cuando se lanza a una mujer en es mundo." Jeff Dunn.

"Una bella mezcla de feminismo y machismo, esta novela no habla a todos los que nos esmeramos en obtener excelencia y balance en nuestras vidas." Amy Frost.

"Fuerza y Gracia es una gran historia para cualquier joven mujer que trata de encontrarse a sí misma en un mundo todavía muy masculino." Patrick Dunn

www.ingramcontent.com/pod-product-compliance
Lightning Source LLC
LaVergne TN
LVHW041626060526
838200LV00040B/1449